河出文庫

古典新訳コレクション

好色一代男

島田雅彦 訳

河出書房新社

目次

好色一代男

巻一目録

消したところが恋の始まり

桜も名月もはかないものだ。花はすぐに散ってしまうし、月もやがて山の向こうに消えてしまう。兵庫のとある銀山の麓に、煩わしいことは一切ごめんと、寝ても覚めても女色男色に現を抜かす「夢介」とかいう男がいた。

京都に出ては、名古屋の三左君、加賀の八さんら名立たる遊び人たちとつるんで、七ヶ所に紋をあしらった揃いの着物で女をたらし、酒浸りになっていた。夜更けに一条通りを経て、戻り橋を渡る時は前髪を伸ばした若衆や虚無僧や、立髪鬘の男伊達に扮装し、いい気になっていた。

そこは鬼が出るといわれた場所だけあって、「物の怪現る」と噂になったのも無理もない。鬼女にもひるまなかったあの大森彦七じゃないが、太夫に噛み殺されても本望、と遊郭で遊び呆けるうちにいよいよ奥座敷に通された。当時、名高かった葛城、薫、三夕の三太夫を身請けすると、この男はそれぞれを嵯峨の奥、東山の麓、伏見の藤の森に密かに囲った。ちぎりを重ねるうち、そのうちの一人が男の子を産んだ。それこそ我らが主役、世之介様だ。

親の溺愛ぶりは半端ではなかった。四歳の年の十一月、一度剃った頭の毛も生え揃い、髪置の祝儀をし、翌年の春には袴着の祝いもした。御祈願の甲斐あって、六歳の時の疱瘡も軽く済み、明けて、七歳の夏の夜のことだ。

世之介は枕をはねのけ、障子の掛け金を外しながら、あくびをすると、次の間に控えていた子守りがろうそくの明かりを灯し、手を引いて長い廊下を歩き、南天が茂る、松葉を敷き詰めた物陰で小用をさせた。手を洗う時、濡れ縁の竹がささくれ立っていたり、かな釘が飛び出していては危ないと、明かりを近づけると、「その火を消して、そばに来て」と世之介がいう。「足元が危ないから、こうしているのに、明かりを消してどうするんです」と子守りがコトバを返すと、もっともらしい口調で「恋は闇というのを知らないの？」というので、守り刀を持ったもう一人の子守り女が息を吹きかけ、望み通りにしてやった。すると、世之介はその女の左の振袖を引き、「乳母はどこにいった？」といい出すのがおかしかった。天の浮橋で初めて男女の交わりをしようとしたが、やり方がわからなかったというイザナギ、イザナミの話さながら、何もわかっていないくせに色気だけはお持ちのようだと母親に報告すると、喜んでいた。

世之介は日を追うごとに色気づき、お気に入りの美人画ばかり揃え、美人が増え過ぎると暑苦しくなるから、「この菊の間へはオレが呼ばない者は来るな」と出入り制限をするとは憎い演出だった。ある時、折り紙をして、「オスとメスが交わらないと飛べない比翼の鳥はこんなかたちをしてるんだ」と女中に渡したり、造花を作っては梢につけ、「この夫婦花をおまえにやる」と万事につけ、色事を忘れない。

褌を自分で締められるようになると、帯も前で締め、後ろに回し、匂い袋を忍ばせ、袖には香を焚きしめる伊達っぷりは、大人も顔負けで、一丁前に女心をそそる。同い年の友だちと遊ぶ時も凧の揚がった空など見上げもせず、「雲にかけはしというが、異星人は本当にいるのかな。七夕に雨が降ったら、一年に一度の逢引きができないよ。どうする？」と星に思いを馳せ、おのが心と恋に責められ、五十四年間かけて戯れた女三千七百四十二人、男は七百二十五人あったことはその日記に書かれている。幼い頃より色事にかまけ倒し、精も根も出し尽くしたが、よくぞ命が持ったものだ。

恥ずかしい恋文の文言

七月七日の七夕は、一年の埃にまみれた行燈や油差し、机、硯を洗い流すので、普段は澄んでいる芥川も文字通り芥の川と化す。その川の北にある金龍寺の日暮れの鐘を聞くと、親王が八歳の時に詠んだ父帝を偲んだ御歌が思い出されるが、世之介も習い事をする年になった。折よく、山崎の伯母(おば)のところに預けていたのを幸いに、以前俳句詠みの宗鑑(そうかん)法師が暮らしていた一夜庵(いちやあん)の跡に住んでいる人が滝本(たきもと)流の書をたしなむというので、弟子入りさせることにした。そこで世之介がいきなり手本を掲げて、

「すみませんが、一筆書いてもらえませんか?」というので、師匠の坊さんが驚き、

「何を書いて欲しいんだ?」と訊(き)くと、手紙の文面を述べ立てた。


――突然なれなれしいと思うかもしれませんが、我慢できないのでお話しします。すでにぼくの目つきから気づいていると思いますが、二、三日前に伯母さまが昼寝をしていた時、あなたの大事な糸巻をうっかり踏んで、壊してしまいました。腹が立ったでしょうに、「全然大丈夫よ」と怒らなかったのは何か内緒でぼくに打ち明けたいことがあったからじゃないですか? もしそうなら、聞いてあげたいです。


ここまでは仕方なく書きはしたものの、師匠は呆(あき)れて「もう紙もない」というと、

「それじゃ、余白に書き込んでください」と頼んでくる。まともな内容ではないので、

「とりあえずここまでの手紙を出せばいいだろう」と打ち切り、「いろは」の手本を押しつけ、手習いを続けさせた。


夕陽(ゆうひ)が山端に沈むと迎えが来て、家に帰ると、秋風の音に加え、菜種油を搾る締め木が軋(きし)む音や、洗濯物が翻る音がうるさい。下女たちが洗濯バサミを外していると、

誰かが「恋染(こいぞめ)の着物はお嬢さんの普段着だけど、この腰に撫子(なでしこ)模様が入ったくちなし色の着物は誰の？」と訊(たず)ねた。「それは世之介さんの寝巻」と別の誰かが答えると、バイトの下女が雑にたたみながら、「それなら京の水で洗えばいいのにね」と皮肉をいっていると、世之介が聞きつけて、「オレの垢(あか)がついた着物を流れ者のおまえに触らせるのも、旅は道連れ、世は情けというからだぞ」といった。下女はばつが悪く、返す言葉もなく、ただ「お許しください」といって、逃げようとすると、その袖をつかんで、「この文をこっそりおさかさんに手渡してくれ」と頼まれた。下女はいわれるままに取り次いだが、従姉妹(いとこ)のおさかは全く覚えのないことに赤面して、「誰に頼まれたの？」と女中を追及した。母親が宥(なだ)めて、手紙を読んでみると、明らかに手習いの師匠の筆跡だとわかった。「他愛もない内容だから、まさかとは思うけど」といいながら、坊さんに疑いの目が向けられた。坊さんは事細かにいいわけすればするほど、面目をなくしてしまい、妙な噂が立てられてしまった。

　世之介が伯母に向かって、従姉妹のおさかへの恋心を語って聞かせたので、子どもだとばかり思っていたけど、隅に置けない子だ、妹に話して、京でも大笑いさせてやろうと思いながら、知らん顔をして、「自分の娘ながら器量は十人並みなので、さるお宅に嫁入りさせるつもりだったけど、年が釣り合えば、世之介のところにやってもいいわね」と内心思ったりもした。その後もじっくり見れば見るほど、ませている。
「どんなことでも理に適(かな)わないことは頼まれても書くものじゃない」と迷惑を蒙(こうむ)った坊さんはぼやいていた。

人には見せられないところ

鼓(つづみ)打ちはけっこうはまるものだが、世之介が朝から晩まで謡曲「松風(まつかぜ)」の「跡(あと)より恋の責めくれば」のくだりばかり打ち続けるので、いいかげん親もうんざりし、稽古をやめさせ、代わりに男の世渡り芸を身につけさせようと、両替町(りょうがえまち)の春日屋(かすがや)という母方の親戚に金銀の鑑定を習いに行かせたはいいが、早々に「親が死んだら倍返し」という高利の銀を六十万円分も借りてしまった。いくら欲の世の中とはいえ、子どもにカネを貸すとは大人げない。

世之介九歳の五月四日のこと。あやめを葺(ふ)いた軒先の柳が茂る木陰の夕闇に紛れ、雨落石(あまおちいし)の傍らの竹垣に笹屋縞(ささやじま)の帷子(かたびら)や腰巻をひっかけ、仲居らしき女が菖蒲湯(しょうぶゆ)の行水をしていた。自分のほかには松風だけ、壁に耳があっても、見る人がいないのをいいことに、かさぶたのある臍(へそ)の垢を落とし、さらにその下を糠袋(ぬかぶくろ)でこするうちに菖蒲湯もねっとり脂ぎっていた。

世之介は東屋にある望遠鏡を持ち出し、身をのりだしてその卑猥な一部始終をじっくり観察していた。女が覗かれていることに気づくと、恥ずかしさに声も出ず、両手を合わせ、見なかったことにしてと頼んだが、世之介は顔をしかめ、指を差して笑うので、たまりかね、塗下駄をつっかけて逃げ出そうとした。世之介が袖垣の合間から女を呼び止め、「夜の八時の鐘が鳴って、みんなが寝静まったら、このくぐり戸を開けて、オレのいう通りにしろ」というと、女は「ご冗談を」と答える。「とぼけるなら、今見たことをほかの女たちにいいふらすぞ」と脅す。いったい何を見ていたというのか、女は迷惑そうに「まあそんなことといわないで」とお茶を濁して、立ち去った。

その夜、女は誰かに見られるわけじゃないからと夜のみだれ髪を雑に束ねてくつろいでいると、足音がして、世之介がやってきた。女は仕方なく機嫌のひとつも取ってやろうと、小箱を探し、芥子人形やおきあがり小法師や雲雀笛を取り揃え、「これは私が大事にしている物ですが、坊ちゃんに差し上げるなら、惜しくありません」とおもちゃで釣ろうとするが、ちっとも嬉しそうな顔をせず、「そのうちオレとおまえの子ができたら、泣きやませるのに役に立つだろう。こっちのおきあがり小法師はおまえに惚れちゃったから、ほらこんなふうによろめくんだ」といって、膝枕をしてもらう様子はいっぱしの伊達男気取りだった。

女は赤面して、こんなところを見られたら、ただでは済まないと思いながら、心を落ち着かせ、脇腹をさすってやったりしながら、「去年の二月二日にお灸(きゅう)を据えた時、かさぶたに塩を盛ってあげましたが、その時より可愛くなりましたね。さあ、お入んなさい」と帯をしたまま抱き締めてやると、そのまま外に連れ出し、表の格子戸を手荒く叩(たた)き、「世之介様の乳母さん」と呼び、「お乳を少しもらいましょ」といってふざけながら、一部始終を話すと、「子どものくせに油断も隙もない」と腹を抱えて笑った。

時雨は袖にかかるのが幸い

世之介のませぶりは十歳のジジイさながらだった。生まれついてのいい男で、若者らしい装いもわきまえていた。その頃、サイドを短くして、耳の後ろに流し、髷(まげ)を立て掛けたように結う下坂小八(しもさかこはち)風というのが流行(はや)っていたが、その髪型もバッチリ決まっていた。それを褒める人がいたら、攻めどころとばかりに、普段から隙なく決めていた。しかし、傍目(はため)にはまだ色恋にはほど遠いと思われており、雪の中で開花を待ちわびる梅の花みたいな風情だった。

ある日、暗部山の麓に住む知り合いを訪ね、小鳥狩りをしようと、下僕を連れてかすみ網やもち竿を振り回し、うらぶれた茅葺の軒先で、赤頭巾をかぶせた囮のフクロウなど使って、草葉の陰に隠れたりしていた。遊び疲れて、麓近くまで帰ってくると、雨雲が立ち込めてきたものの、それほど激しくは降らず、露を砕いて、玉を散らせる様子になった。

雨宿りできる手頃な木陰もないので、いっそ濡れて帰ろうと、袖をかざして歩いたものの、墨で描いた従者のニセ髭が落ちるのはカッコ悪いなと思っていると、村に隠遁していた男が世之介の後を追いかけ、傘を差しかけてくれた。何だか、空が晴れわたった気分がして、思わず振り返り、「これはありがたいお気遣い、また逢う時のためにお名前を聞かせてください」といったが、男はそれには答えず、替えの草履を差し出し、懐から綺麗な櫛を取り出すと、従者に渡し、「そそけた後れ毛を直してあげなさい」といった。

その時の嬉しさは計り知れない。時雨もやみ、心も夕虹も消えてしまうほど熱いコトバを交わした。

――今まで慕う相手もなく、いたずらに歳月を過ごしてきましたが、それもぼくに愛嬌がないからだと自分を恨んできました。この不思議な縁に免じて、末長く可愛がってください。

そう口説いたものの、男にその気はないようで、「道中の難をお助けしたまでのことで、そっちの方面に興味はありませんので、あしからず」と素っ気ない。世之介は興覚めし、立つ瀬がなくなり、いい年こいて、恋のひとつも知らないなんて、そのまま朽ち果てる気か、などと恨みながら、木陰に腰をおろして、もう少し粘ってみた。

――つれない人ですね。袖を滴る水と恋に流す涙は別物なんだな。あの孔子くさい鴨長明だって、庵の明かりを消し、心を闇にして、門前の美少年と戯れたっていうじゃないですか。往年の美少年、不破万作だって、勢田の橋のたもとで自分を見初めた相手の袖に蘭麝の香りを移してやったんですよ。男同士ならわかる話でしょう。

そんな秋の夜長の物語を聞かせても、男は聞く耳を持たない。

年少の自分から口説くのは、寺から檀家に物を贈るみたいであべこべだが、兄貴分を口説いた白糸少年の前例をも引き合いに出し、「いやなら、いやといってください」と詰め寄っても、男は頑なな態度を崩さないので、いよいよ頭にきた。少し間を置いて、男はこういった。

――ではまた。中沢村の鎮守の拝殿で逢ったら、考えましょう。

そんな口約束をして帰る男の後をしつこく追い、笹の葉を分けてゆくその衣にすがり、「美少年の節推が兄貴分の詩人東坡を風水洞で待ち伏せしたみたいに、ぼくもあなたを待っています」と夕暮れの中、男を見送った。

後になって、その男が長年連れ添った相方にその話をすると、「そういう薄情なことはするもんじゃありません。私に義理立てしてくれたんでしょうが、そんなつれない仕打ちは二度としないでください」と、世之介との恋仲を取り持ち、自分は身を引いたそうだ。

訊ねてきくほどの交わり

九月十日の夕暮れ、「新枕」と古歌にも詠まれた伏見の里へ、菊の節句の二日酔い紛れに輸入雑貨屋の瀬平を誘って、女郎屋に繰り出した。東福寺の入相の鐘が聞こえると、目指す撞木町に着いた。茶屋の鑓屋孫右衛門のあたりで駕籠を乗り捨て、息が切れるほど早足で、墨染の名水を飲む暇も惜しんで、郭の南門から入った。

——どうして東の入口を閉じてるんだ。恋に回り道でもさせる気か?

そういいながら、遊郭の様子を見渡すと、都のお公家さんだろうか、冠が似合いそうな生白い顔の奴（やつ）がこっそり女を冷やかしていたり、宇治（うじ）の茶を売る店の使用人らしき者の姿もあった。この見立ては当たっているだろう。ほかにも六地蔵（ろくじぞう）の馬方や、大坂への下り舟を待っている旅人が、風呂敷包みに愛宕（あたご）土産の樒（しきみ）や粽（ちまき）をぶら下げ、一回分の現金を数えたりしながら、よさげな女はいないか、隅々まで見尽くしてから、もっと安い泥町（どろまち）の遊郭に行こうとしているのが笑えた。

人が引くのを待ちがてら、世之介がぶらぶらしていると、西の方の中程、小さい釣り格子の構えで、襖（ふすま）紙の紅葉（もみじ）模様も散り散りに破れ、煙草（たばこ）の煙がうっとうしく立ち込め、吸い殻の捨てどころもない朽ちた家に優しそうな女がいたが、無口で、人目を引こうともしていない。「袖の香りの今日の菊」と思いついたが、出だしの五文字が出ないもどかしい感じに萌（も）えて、「何でこんな小汚いところに、あんないい女がいるんだ」と世之介が訊ねると、瀬平はこんな話をした。

――この女の親方は遊郭で一番貧乏だそうで、気の毒なことです。女郎は作り方次第でどうにでもなるもんです。伏見の女郎は島原の太夫のお古のあやめ八丈（はちじょう）や唐織（からおり）を着せてなんとかサマになってますが、ここの女郎ときたら、それすらままなりません。

ああ、ここは大衆向けなんだなと思い、世之介は断りなしに腰を下ろした。脇差や紙入れをその辺に置きながら、見れば見るほどいい女だと思った。

――どういうわけでこんなところにいるんだい？　居心地がよさそうには見えないけど。

　そう訊ねると、女はしくしく泣きながら、答えた。

――そんなふうに他人(ひと)さまに見透かされて恥ずかしいんですが、こんな勤めをしていると、はしたなくなっていくものです。何かと不自由しているので、つい欲張って、客に無心を頼み、身のまわりのことばかりか壁紙張りまで頼んだりして、やっと隙間風を防いでいるようなありさまです。炭も紙も自前です。雨の日は客足も遠のき、風の夜はなおさら客は来ず、紋日こそ何とかお客さんを取らなければと焦っても、アテもなく、親方にせっつかれたりしながら、二年我慢しましたが、この先どうなるか気が気じゃありません。田舎(いなか)の両親は元気なのか、便りもないし、ここに訪ねてこられるわけもありませんし……

　出身を訊けば、「父は山科(やましな)の源八(げんぱち)というものです」という。「これも何かの縁だから、あんたの無事を親御さんに伝えてあげるよ」と世之介がいうと、女は嬉しそうな顔もせず、「そんなもったいないことはなさらないでください。少し前まで茜(あかね)の根を掘って食いつないでいたようですが、今はその元気もなく、物乞いも同然で、その上、人がいやがる病気まで持っていますから」といった。

女と別れ、そんな話まで聞かされた以上、放ってはおけないと、女の里を訪ねてみれば、柴の編戸に朝顔を絡ませたりして、長押に槍をかけ、埃ひとつない鞍を飾り、朱鞘の刀を腰から離さない浪人がいた。挨拶もそこそこに、事情を話すと、「女郎に身を落としながらも、人に親の話をするとはお恥ずかしい」と涙を流す。世之介はその場を取り繕い、女が親の素性を隠そうとしたところに感動して、間もなく娘を身請けし、山科の実家に帰して、見捨てることなく通い詰めた。

世之介十一歳の冬の初めのことだった。

煩悩の垢かき

十三夜の月、待宵の十四日の月、十五夜の名月、月の名所は多いが、須磨は別格だ。謡曲「松風」にあるように「波ここもとに立ちくる心地」とばかり小舟を借り切り、和田の岬を巡れば、角の松原から塩屋というところにさしかかった。ここは源氏の熊谷が平氏の美少年敦盛をつかまえ、盃を交わしたところだそうだ。世之介は「源氏酒と洒落込むか」と笑い流して、海に面した小宿でくつろいだ。京から担いできた銘酒「舞鶴」、「花橘」の樽の口を切って、宵のうちは男同士で愉快に過ごしていたが、更けてくると、いよいよ月は冴え、交尾相手を求めて鳴く鳥の声が切なかった。

——ほんの一晩とはいっても、やっぱり一人寝は淋しいよね。若い海女とかいないの？


頼んで、海女に来てもらったが、髪はぼさぼさ、化粧っ気もなく、着物の袖も裾も短く、体が磯臭くて、気持ち悪いので延齢丹を噛んで、こらえながら、思った。

あの天下のプレイボーイ在原業平の兄、行平だって、そんな下司な女に足をさすらせ、淋しさを紛らし、別れ際には香包、香を焚く籠、杓子、擂鉢など、島流し三年間の世帯道具を気前よくやったというくらいだ。

翌日、兵庫まで戻ったが、ここの遊女は昼の部と夜の部に分けて、客を取る。それを「半夜」というが、こんなふうに細切れに時間を区切るのは、客の方も風向き任せで、船頭の呼ぶ声がしたら、小唄の途中だろうと、返盃も省き、未練を引きずって船出する旅人ばかりだからだ。

こういうせっかちな過ごし方で身を汚したくないなと思いながら、風呂屋に行くと、「浮名を水で流しましょう」と粋がって、気の利いたことをいう受け口で鼻高の女がいた。つかまえて、「名前を拝聴したい」と問えば、「タダノリですう」と答えるので、「洒落がわかるな」と唾をつけた。早速、あがり湯のくれ方、おこげ茶の飲ませ方、浴衣の着せ方、煙草の火のつけ方まで違ってきて、整髪料や鏡を差し出したりして、態度が一変した。何処の湯女もそんなものだ。

一枚着物の裾を短めに、白帯をきりりと締め上げ、「逃げられたら、親方の損だよ、久三、提灯つけて」といいながら、片手で草履を取り出し、くぐり戸を抜けると、調子こいて同僚をののしり、朝夕の汁が薄いだの、「鋏をもらうことになってるけど、ちゃんと切れんのかしら」などとどうでもいいことばかりいう。座敷に入るや、綿帽子を壁にくっつけ、立ったまま行燈をずらし、座敷の真ん中にどっしり構え、雁首が燃えるほど煙草をふかし、あくびをし、無造作に小便に立ち、障子の開け閉めも乱暴で、寝たまま屛風を隔てた同僚に話しかける。身をよじって蚤を探し、「午前二時の鐘かな」と時間を気にし、気に入らないことには返事もせず適当にあしらい、鼻紙も人のを使い、あげくは鼾をかく始末だ。水商売で冷えた脛を客にもたせかけ、「今焚くから、すぐに汲むから」と寝言をいう。いくら女に事欠いても、こんなさもしい女を相手にしたら男がすたる。

そもそも湯女風呂というのはこんなもんじゃない。江戸の大名屋敷の前にあった風呂では、勝山という情の深い湯女がいて、一世を風靡した髪型も、袖口を広くし、裾を短めに着こなす身なりもお洒落で、万事につけ人と違っていた。後に大いにもてはやされ、吉原の頂点を極め、貴人の枕にも侍ったという類稀な女もいたのだ。

別れは当座払い

洋物柄の端切れでお針子が作ってくれた巾着に、銀貨を盗み貯め、ある夕暮れ時、世之介は丁稚上がりの子分と連れ立って、清水八坂に繰り出した。

——このあたりじゃないか？　いつか話しただろう、歌がうまくて、酒も飲めて、しかも可愛い女がいるって。それは菊屋か、三河屋か、蔦屋だったか？

店を探し回って、細道の萩垣の奥に入ると、店が一軒あった。梅に鶯の屏風、床の間には誰が弾き捨てたのか、樫の木の棹に糸が一筋切れたままの三味線が置かれ、黒っぽい朱の煙草盆には炭火が据えられ、畳は何となく湿っていて、あまり居心地はよくないが、いつも通り祇園細工の脚付き盆に、杉板に乗せた焼魚と定番の蛸、漬梅、紅生姜に塗りの竹箸を添えて、出してきた。晩春らしく、女は藤色の縞模様の着物に、粋がって幅広の茶帯をはさみ結びにして、朝鮮さやの腰巻をちらちらさせ、懐紙に楊枝を入れ、髪は四つ折にしどけなく結い、左手に朱塗の蓋付きの器に燗酒を入れ、「淋しそうですね。一杯飲みましょうよ」といやらしい目で見る。しばらくは実のないかやの種を漁り、誤魔化していたが、間が持てなくなると、鯛の浜焼の中程を不器用につかみ、「はいどうぞ」という。どうにも居心地が悪く、ショバを替えて遊び直そうかと思っているうち、せわしなくお銚子を替えるその腰つきに何ともいいがたい色気があり、もしかして、床上手かもしれない、二つ折にした絵入りの敷物も、木枕の音も悪くないかも、と思い直した。

　先ほどまでの縞の着物を薄汚れた浅黄色の寝間着に着替え、鼻歌交じりに客を待つ様子もいい。十二歳から声変わりした世之介だが、一切の恥じらいもなく、「こんな一夜限りの交わりも、偶然とは思えない。きっと観音様のお引き合わせだろう。今後も馴染みになって、子どもでもできたら、幸い近所に子安地蔵もいるし、面倒だけど、安産祈願の供え餅の百個くらいは父親のオレが用意するから、安心して帯を解け」と安請け合いし、相手にしゃべる隙を与えず、乳繰り放題をした。

　そうして打ち解け合ったものの、女は俯いて、黙って涙ぐんだりしているので、心配になって訊ねると、返事を渋っていたが、やがて改まった口調でいった。

――今でこそ、こんなしがない身ですけど、転職前までは、さる宮様のお宅に仕えていて、ひょんなことから宮様の目に留まり、下働きの私の粗末な部屋に忍んでこられ、仲良く枕話を交わしたあの夜のことが忘れられないの。雪の降りそめの十一月三日の朝、お手に雪を一掴（ひとつか）みすくって、「おまえの肌みたいだよ」と私の懐に入れようとした時の姿があなたにそっくりで、懐かしい。

――ふーん、その宮様とオレのどこが似てるんだ？

そうからかうと、女はすかさずいった。

――どこというのでもなく、全てが生き写しみたい。風が強い朝なんかに、「どうしてる？」と白い絹の着物をくださって、西陣（にしじん）に母が一人で暮らしていると聞いて、同情し、米、味噌（みそ）、薪、家賃まで用意してくれたの。十一歳なのに、気配りができて、あなたも何かとよく気を回してくれそうで、本当に愛（いと）しい人ですね。

若造相手に殺し文句を思いのままに繰り出すあたり、これぞ都の人たらしだね。

巻二目録

埴生(はにゅう)の寝道具

十四の春も過ぎ、衣替えの初夏四月一日、世之介は袖を詰め、大人の装いに改めたが、もう少し少年のままでいてもいいのにと惜しむ人が多かったのも、そのプリッとしたお尻の色っぽさのせいだった。

思うところあり、一人二人、お供を連れて、長谷寺(はせでら)の雲井のやどりという坂を上ると、紀貫之(きのつらゆき)が「人はいさ心もしらず」と詠んだいわくつきの梅の木にもすっかり青葉が茂っていた。さらに山奥に進み、社殿で「御祈願のお返事はいつ頃もらえますかね」と呟(つぶや)くのをお供の者が聞き、「またその場しのぎの恋が実るのを願っているんだな」と思った。

帰り道、花盛りの季節の眺めはさぞ綺麗(きれい)だろう桜井の里を過ぎ、十市(とおち)、布留(ふる)の神社を北に望み、夕暮れ時には椋橋山(くらはしやま)の麓に着くと、初夏の麦刈りの時期を迎えた農家では麦を打つから棹(ざお)の音がしていた。村の子どもたちは麦わら細工の籠にアマガエルを入れ、葬式ごっこをして遊んでいる。ゴミ捨て場から生えたなた豆が変な格好でぶら下がっているその垣根から覗(のぞ)けば、今が盛りの若者たちが下男の助けを借りて、めかしこんでいる。髪の結い方も独特で、紙紐の編笠の様子も場違いなほど洗練されている。ここはどういうところですかとその辺の人に訊ねると、「この里は仁王堂といって、京大坂の男色の忍び宿です」とわけ知り顔に話す。

一晩だけだとはいえ、色気のない宿はごめんだと思っていたので、「仮寝の夢でも見てやれ」と宿を手配した。

客間に上がると、亭主は若衆を一人一人紹介した。

思日川染之介さん、花沢浪之丞さん、袖嶋三太郎さん、名前からして面白そうな連中である。とりあえず酒にして、草履取りの角内と九兵衛を呼び出し、祝儀をやり、盃を交わすうちに酔いが回り、夜更けまで、月が歪んだだの、花がねじれただのと、おかしなことを口走るので、頃合いを見て、寝支度をした。横縞の木綿布団に丸太の枕を並べ、夏を逃れた蚊もいるだろうと、摺鉢で擦った糠をあぶって煙を出した。同じ煙と思えば、伽羅の香と思えないこともなく、若衆の身を引き寄せると、皮膚病が治って間もない手でさすられたりして、嬉しいような、悲しいような気分になった。

これもお勤めだから、そうするのだろうと思うと、いじらしくなり、「これまでどんな地方を回ってきたんだい」と訊ねると、「こうなったら、包み隠さず打ち明けます」といった。

――そもそも私は歌舞伎芝居の名代権三郎さんのところに世話になってましたが、その後は笛吹きの喜八一座に移り、宮島の芝居好きのところに身を寄せたり、備中の宮内、讃岐の金毘羅にも出かけました。どこに行っても、住みつく場所はなく、住吉の安立町の隠れ家や河内の柏原を転々とし、この里に来てからは、今井多武峯の坊さんたちをたらし込んでいます。いやいや、とてもやり切れませんよ。八幡の学仁坊と豆山の四郎右衛門という無類の男好きの手にかかると、嵐の海を乗り切るようなとんでもない目に遭いますからな。このご両人に揉まれたら、後は怖いものなしで、その先は木こりをそそのかして、小銭を出させたり、漁師の潮臭い着物を脱がして、物を巻き上げたりと、若衆の心意気もどこへやらの、情けない身です。

作り話だとしても、世之介を騙そうとしたとも思っていなかった。

――さて、気に入らない客を取った夜はどうだい？

世之介が訊ねると、こんなことをいった。

――あかぎれだらけでも、楊枝を使ったことがない相手でも、いやとはいいません。しかし、秋の夜長を夜明けまで客のわがままに耐える辛さ、悔しさには人知れず、涙を流しました。その甲斐あってか、来年の四月には厄も下り、しかも明後日からは金星の者は年回りがよくなり、向こう七年カネには困らないらしいです。

金星の生まれなら、二十四か。オレより十も上なんだと知って、世之介はがっかりした。遊びの席では人の年は聞かぬが花だ。

髪を切っても捨てられない世

密通はやめられないのが世の常だが、後家ほどはまりやすい者はいない。ある人はそういう。連れ添った亭主と死に別れたばかりの頃は、自害でも出家でもしそうな勢いだが、そのうち再婚相手を求めるものである。忘れ形見の子どもや遺産に執着し、後家を通す人もいるが、それも我が身を守るためだ。

蔵の鍵を肌身離さず、奥の間への戸にはつっかえ棒をし、火の用心の当番も人に頼むが、そのうち庭は落葉に埋もれるし、軒の葺(ふ)き替え時も忘れ、雨漏りする始末。雷の鳴る時は夫に寄り添って、頭まで布団をかぶってやり過ごしたことや、怖い夢を見て、隣で寝る夫を起こしたりしたことなど思い起こしては、独り身の淋(さび)しさが身に沁(し)み、信仰に走ったり、派手な着物に嫌気がさし、商売第一と、お得意さんを大事にし、自らそろ盤を弾(はじ)き、銀の目利きも女では埒(らち)が明かず、万事、手代に任せるうちに、番頭もわがままになり、女主人を呼び捨てにするのを悔しいとも思わなくなり、下働きの男女の色恋の話に心乱れて、結局、番頭とくっつくなんてことはよくある話だ。――オレだって後家を口説き落としたことも一度や二度ではない。葬式の世話役に様子を訊き、亭主が果てた後はこうだと聞けば、縁もない他人ながら裃姿でお悔やみに行き、ご亭主とは兄弟も同然の仲でしたといい、子どもの様子など訊ね、火事の声を聞けば、駆けつけ、日頃から頼りになるように思わせておいて、親しくなったら、手紙に綿々と綴ったりして、何人もモノにした。

そんな話を小耳に挟んだ十五歳の世之介は、三月六日より額に剃りを入れ、男っぷりを上げると、蛍狩りなど催して石山寺に詣でた。四月十七日、琵琶湖畔は涼しく、水色の絹帷子に菱の家紋を目立たぬように縫いつけ、輸入品の幅広の帯を前で結び、流行りのかけ手拭いをして、塗笠をかぶった女がやってきた。顔はよく見えないが、そのあたりの女とは思えず、お供の女も水汲みや石臼挽きで手を荒らしたりしていない。石段を上がり、腰元相手に、紫式部がこの寺に籠って書いた『源氏物語』のあらましを話して聞かせたりしている。やがて、組戸に寄り添い、何を願ったのか、「おみくじを引いて、三度も三番の凶とは、お恨み申します」と呟く横顔を見れば、惜しいことに黒髪を切っていた。さては麗しい後家に姿を変えた観音様がこの世に現れたかなと思えるような目つきで、世之介と袖を擦り合わせて通り過ぎた。

女は供に頼むでもなく、自分から世之介を呼び返して、こんなことをいう。

——ちょっとちょっと、あなたの腰の物の柄にひっかかって、私の薄絹が裂けてしまったじゃない。ひどい人、早く元に戻して。

世之介は詫びを入れたが、聞き入れてくれず、「前の絹じゃなきゃいや」とごねるので、やれやれと思いながら、「なら、都に買いに行かせましょう。それまでこっちへ」と説得し、松本という村まで戻り、静かな宿に入ったところ、彼女はおもむろに打ち明けた。

——恥ずかしいんですけど、お近づきになりたかったので、自分で袖を裂いたんです。

それから世之介とねっとり戯れたあげく、「また恋しくなったら、来てね」と住所を教えてくれたので、つい通い詰めてしまったが、そのうち女が妊娠してしまった。じきに子どもが生まれると、始末に困り、「夜半に捨子の声するは母に添寝の夢の浮世」と小野小町が詠んだ歌を思い出し、かわいそうだなと思いながらも、六角堂あたりに置き去りにしてしまった。

女は男の思惑の外

小塩山の散り放題の桜を惜しむ季節、憲法という男伊達が始めた柔術や居合術が流行り出すと、身なりも男らしい出で立ちが人気になり、もみあげを細く、髷の元結いは二本かけで、口髭を生やし、袖丈は九寸足らずにし、色違いの組帯を締め、鮫皮の鞘の長脇差を腰に差したヤクザっぽいスタイルで決める連中が増えた。どいつもこいつも同じような身なりで、都でもそんな輩が幅を利かせていた。北野天満宮に詣でては、梅の花を散らし、大谷の本願寺に行っては藤をへし折り、鳥辺山の火葬の煙など大煙管の煙と嘯き、お供にヒョウタンを持たせ、毛皮の巾着を提げたりして、野暮くさいったらない。

岡崎という場所に妙寿という尼僧が草庵を結んでいたが、日当たりが悪く、襖障子も仮名文の書き損じの手紙を張り、宛名を破っているところなどわけありと見え、部屋をわざと暗くこしらえているところなどいかにも曲者っぽい。「ここは？」と友だちに訊ねると、「京の連れ込み宿だ。組糸屋の店員から、呉服の行商人、染物の女工までここに忍んでくる」といい終わる前に、年の頃、二十歳くらいで、目元涼しい、そばかす顔の小柄な女がやってきた。何となく男受けしそうな女で、凍みこんにゃくに海棠の花を添え、妙寿に届けに来たのだが、人が大勢いるので、恥ずかしがり、「今日は今熊野あたりで、目薬を買ってこいといわれて、お使いに来ました」というと、慌ただしく帰っていった。「あれは?」と世之介が妙寿に訊ねると、「あれはその名を知らない人はいない烏丸通りの御隠居さんのお使いですが、同じ家の手代とできていますから、ほかには目もくれません」といった。

――それじゃあ、ならずの森の柿と同じで食うに食えない。ほかに食える女はいないのかい?

そう軽口を叩くと、ヤカンが煮えたぎっているので、妙寿は茶碗を磨き、「何か、御馳走でもあるといいですね」と答えた。

昼過ぎ、羽織の重ね着も暑苦しいほどポカポカしてきたが、世之介は頭巾も取らず、気取っている。周囲は堅苦しいから、脱げ脱げというのだが、脱がずにいる。

――君はもう十六だから、元服したてのにわか業平だな。その髪型が似合う顔を拝ませてくれ。

誰かがそそのかし、頭巾を取ると、左の鬢先にかけて四寸あまり血走っていて、打たれた傷跡が生々しかった。

一座は驚き、「いったい誰にこんな目に遭わされたんだ？　男伊達仲間に引けを取らせたとなれば、容赦しないぞ。相手が天狗の金兵衛だろうが、中六天の清八だろうが、花火屋の万吉だろうが、オレたちがついている。仕返しだ、仕返しだ」と騒ぐので、世之介は「大したことじゃない。ちょっと誤解があって」というと、「何があったんだ」と問い詰められ、とうとう口を割らざるを得なくなった。

――みんなが思ってるのとは大違いで、うちの別宅がある河原町で、小間物屋の源介という、丹後の宮津で行商している奴がいて、留守を頼まれたので、折を見て、火の用心などしてやっていたのだが、その女房が椹木町の公家屋敷で奉公していたことがあって、優しげないい女なので、募る思いに任せ、口説き文句を重ねた手紙も送ったが、返事もない。それである時、面と向かって口説くと、「独り身でも思いもよらないことなのに、二人の子がいることも知りながら、なぜそんなにさもしいんですか？」と責められた。それでも諦めずに「いい出した以上は後には引けない。いう通りにしないと、ズタズタにしちゃうぞ」とさらにもう一押しすると、女は何を思ったか、「それほどまでに思ってくださるとは知りませんでした。それなら、今宵は二十七日で月も出ない夜なので、人に見られることもないでしょうから、こっそりいらしてください」といい残した。近所が寝静まり、入口に立ち寄ると、内からくぐり戸を開け、「こっちへどうぞ」といったかと思うと、手頃な割木で、この通り眉間を打ち、「不倫なんてしませんよだ」と戸に鍵をかけて中に入ってしまった。
世の中にまだこういう身持ちの固い女が生き残っていたとはね。

誓紙のうるし判

奈良で晒し布を仕入れて、越中越前の雪国に夏を告げに行きなさい。世之介も商売のコツも知らなくては、という親の計らいで、春日の里に取引相手がいるのを幸いに、世之介を見習いに出した。三条通りの問屋に着いたが、今日は若草山の新緑を愛で、暮れてからは飛火野の蛍狩りと遊び回り、後何日したら、京都に戻されるのかなと日が経つのを惜しんでいる。

四月十二日、十三鐘の昔話を聞いた。鹿を殺して死刑になった十三歳の子どもの話は実に哀れだ。今でも鹿を殺した人は罪に問われ、境内にめぐらせた大垣のまわりを引き回されるのだとか。鹿は人が恐れをなしているのを知っていて、野山を自由に駆け回り、町にも下りてきて、雄雌がよろしくやっているのが笑えるが、この分だと秋の交尾の季節が思いやられる。その頃は一面、萩とススキに覆われるのだろう。

世之介が、花園という町の通りを西に入ってゆくと、脇差を一本差して、鬢を厚く結い、笛や太鼓の一曲くらいはたしなみがありそうな連中が騒いでいたが、八百万の神々に仕える者の子どもたちで、浪人たちまでもが騒々しく、扇子で顔を隠したりして、何をしているのかと思いきや、土地の事情通が自慢げに教えてくれた。

――ここがかの有名な木辻町、北側は鳴川といいます。女の質も三味線の撥音も都に引けは取りません。竹格子の中を覗かずには帰れますまい。

世之介は七左衛門という店に上がった。女を選ぶのも手軽で、ちょうど空いていた志賀、千歳、きさあたりを呼んだが、一杯飲んだだけで帰し、後から近江という女を呼ぶと、大坂では確か玉の井という名前で出ていた顔見知りの女郎だった。流れ着いた先がここだったとは、何かの縁だから、その夜は客がついていないのを幸いに、女将にいって、夜更けまで差しで語り合った。

ここのしきたりで、酌をする娘がつかず、女郎手ずから燗をつけるので、見慣れないうちは妙な感じだった。「そろそろ寝間に」といって、世話焼きの男が案内に来たので、小座敷に入ると、六畳を屏風でいくつにも仕切り、粗末な紙張りの壁になかなかの達筆で「オレはおまえの最後の男」などと落書きがある。どんな奴がここで寝ていったのかと思いながら、座ったままぼーっとしていると、さっきの男が戸を鳴らして、「お茶をどうぞ」と湯差しと天目茶碗を置いていった。

この気軽さは淀川の下り舟にでも乗っているようで、一夜のことだから、足が触れても勘弁してねと枕の位置も決めずに、雑魚寝した。

隣の床はといえば、伊賀の上野の米屋で、大崎という女郎に入れあげている馴染み客のようだった。

明日は国元に帰る名残の夜らしく、女が東大寺二月堂のお守りや西大寺の気付け薬を餞別に持たせている。客はなかなか面白い奴で「ふるさとの山の神を見て、ひきつけを起こしたら、これで治そう」と笑い、去り際に亭主を呼び出し、「今回はわりと安く済んだ。オレもようやく、粋になったということだな」というと、亭主も洒落のわかる男で「まだまだでしょ。本当の粋はここへは来ずに家でカネ勘定をしてますよ」と応じると、一座も「もっともだ」といった。

世之介は、こんなところにもすれっからしがいるもんだなと感心しながら、夜明けには引き上げたが、心残りがあり、近江を宿に呼び寄せ、売り物の晒し布に名前を入れてやり、しばらくいちゃつき、心変わりしないよう誓紙など交わし、いつまでも仲良くしようねと誓った。

旅の出来心

江戸大伝馬町三丁目に絹や綿を商う支店があった。そこの決算を聞いてこいといわれ、十八歳の十二月九日、世之介は京都を出て、雲の泡立つ粟田山を越え、逢坂の雪で白くなった杉並木に至ると、おろしたばかりの草鞋も濡れたが、これも修行だと、険しい岩角を踏み越え、今日二日目の泊りは鈴鹿の坂の下、大竹屋という宿の大座敷だった。

疲れを取るのに一風呂浴びると、「さてこの宿にいい女はいるかな」と品定めを始めた。鹿、山吹、みつという三人の女は、木こりが鼻歌でその名前を唱えるほどだというので、全員を集め、絶えない泉のように夜が明けるまで飲み、鶏の声を聞いて別れ、さらに先を急ぎ、御油、赤坂の飯盛り女の枕を借り、その後も泊る宿ごとに女を呼び、ようやく駿河の国の江尻というところに着いた。

ひとまず今日までは無事だったが、明日からは親知らずの荒磯を越えるので、海の藻屑と消えるかもしれないと思いながら、南は三保の入江を一望し、松原も手に取るように眺めた。しかも、宿の舟木屋の主人、甚介は気さくにもてなしてくれた。近くで採れるひじきやミル貝を肴に酒もしこたま飲み、土地の習慣など聞き、「金貨一枚はいくらで両替できる」と訊ねたりして、明日の準備をした。雨戸につっかえ棒をし、寝る支度をしていると、誰が歌っているのか、集団で説経節をうなっている声が聞こえてきた。腕枕でうとうとしかけたが、目覚めて、飯炊き女に「あれはどんな人が歌ってるんだい？」と訊ねると、「この宿には若狭、若松という美人姉妹がいて、是非、その顔は昼間にお見せしたいほどでございます」とその女の口真似をして、「あれは」と語って聞かせた。

「何とかその姉妹に逢いたいな」と頼むと、「今いわれても、困りますよ。どのお客さんも陽の高いうちに宿に来て長居しますし、中には一週間も逗留したり、仮病を使ってまで逢いたがるほどの女なんですから」と答える。そうまでいわれると、世之介は江戸の空なんてどうでもよくなり、行かなくてもいいやと思い、「遠慮がいらない土地だし、こここそオレが住むべきところだ」と決め、その姉妹と親密になった。

三人での寝物語に、左に若狭、右に若松に添い寝してもらい、現代の中納言行平を気取った。

「都に戻る時は連れて行かなくては」と二人を身請けし、今切の関所を通るのに必要な女手形も人の助けで手に入れ、その夜は二川というところに泊り、姉妹が旅人を足留めしていた話を聞いた。

六月、蚊の声さえ物悲しい夜、目当ての客の隣の部屋に萌黄色の蚊帳など吊って、「誰も見る人がいないんだから、裸で寝ようかな」と独り言をいえば、その声に反応して、「お相手しましょうか」と客の方から寄ってきて、すぐに話がまとまる。

――冬の夜は布団を貸そうとして、貸さなかったり、鶏の留まり竹にお湯を仕込んで、深夜に鳴かせて、寝ぼけ眼の客を追い出したり、いろいろひどいこともしました。その報いはあるのかしら。でも、そんな暮らしから足を洗えて、とても幸せです。

二人はほのぼの喜んだが、ここで一つ困ったことが……

旅費が足らなくなり、いつ音羽の山を見られるかわからないありさまになってしまった。姉妹の着物などを売り、やっと芋川という村に辿り着いた。その里に若松の昔の馴染みがいて、その世話で笹葺屋根の小屋を手に入れた。そこで名物のきしめん打ちを習い、旅人をやめ、「袖打ち払う雪かと見れば」などと歌を歌いながら、麵を茹でるかたわら、三味線の調子を合わせる手を離さず、だらだら暮らすうちに店も寂れ、二人の女も花園山の麓で尼寺に駆け込み、世に捨てられ、世之介にも捨てられ、仏の道に入ったとか。

出家にならねばならず

茜色の太陽を見て、夜が明けたと思い、ろうそくの光に今日も暮れたと知る暮らしが続いた。昼夜の別なしに恋に現を抜かし、あさましい姿に成り果て、江戸に着いた。支店の人々は喜び、「行方がわからないので、お母様がどれほど嘆いておられたか」といたわったが、それで放蕩がやむような世之介ではなかった。深川八幡、築地、本所三つ目橋筋、目黒不動の茶屋で女を漁り、品川の連飛、白山、谷中の三崎あたりの怪しい女にも手を出し、浅草橋では目が合っただけで女と交渉成立することまで覚え、しまいには小宿のお針子、板橋の女郎も見逃さず、おのずと吉原への道筋を辿ることになったのは末恐ろしい。

このことは都の親にも知られ、勘当されたいのかといってきた。「気の毒ながら、このまま放っておけば、命を落としかねないでしょう」と店をさばいている分別ある番頭の機転で、ある寺の住職に頼んで、世之介は十九歳の四月七日に出家した。谷中の東、七面明神のほとり、心も澄む武蔵野の、月以外に友もない竹やぶの奥深くに、すいかずらや昼顔の花びらを踏んで道をつけ、草葺の仮小屋を身の置きどころとした。

水を飲むにも、遠くの丘から樋で引き、手ですくって飲むような、世間から隔絶された境遇で、最初の二日くらいは殊勝に阿弥陀経など唱えていたが、やはり仏の道は面白くない。どうせ来世なんて見ることはない。鬼に近づくことも、仏に逢うこともなかった昔の方がましだと思い切り、念仏を唱えた回数を数えるのに使った珊瑚の数珠玉をばらして売った。

そこへ十五、六になる美少年たちが茶小紋の袖と裾に折り返しをつけ、鹿子模様の繻子帯を後ろで結び、中脇差、印籠、巾着もしおらしく身につけ、高崎足袋に雪駄をつっかけ、髪を刈り込み、髷を高く大きく結わせていた。後から桐箱の上に帳面とそろ盤を重ねた利口そうな男がついてくる。人目につき過ぎないようにしているが、よくよく見れば、バッチリ決まっている。これがあの化粧品売りかと、世之介は興味を抱き、呼び返し、あれこれ買い込んだが、何かと手間取るところがおかしかった。「御用があれば、また伺います」と帰ろうとするので、宿は何処かと訊けば、「芝神明前の花の露屋の五郎吉です。親方は十左衛門と申します」といって帰った。勝手がわからず、世之介は戸惑ったが、その後、事情通に訊ねると、こうだという。

——たとえば、安手の盃一つ、練り香一貝を取って、五千円ほどやり、酒など勧めれば、供の者が気を利かして、寝たふりをする。客が執心と見れば、向こうからしつこく値段交渉をしてくることはない。多少、品がいいかもしれないが、ウリセンと同じだ。草履取りの中から鼻筋の通った奴を選んで、それなりに仕立てて、東国、西国の大名屋敷に一年交代で単身赴任している侍たちをたぶらかしている。門の出入りが厳しければ、門番に取り入って、流し目でしなだれかかり、都合が悪くなると、行儀よく振る舞い、真面目な話をして、居住まいを崩さない。

——その草履取りというのは？

世之介が訊ねると、こういった。

——この世界も兄貴分がいて、着物はもちろん、身のまわり一切の世話をする。夜のお勤めも決まった旦那だけに身を任せることをゆるし、それ以外は固く禁じ、屋敷にも出入りして、月に四、五度はオレの妾(めかけ)といわんばかりに持ち帰る。近年はちょっと厳しくなってきたんで、寺のお抱えになっている。

なかなかいい話だなと、世之介は庵(いおり)に葛西(かさい)の長八という草履取りを置き、化粧品売りの池の端の万吉、黒門の清蔵を加えた三人と昼も夜もよろしくやるようになった。いつの間にか、頭をざん切りに撫(な)でつけ、墨染の衣は雑巾になり、台所には白雁(はくがん)の骨、鰒汁(ふぐじる)を食い散らかし、ヤケボックイに火で、また昔の世之介に舞い戻ってしまった。

裏屋も住み所

「島流しの月は恋する者同士で眺めるものだ」とある美女が書いているが、こういう身になると、「そりゃそうだろうよ」と思える。夕方の嵐に軒先の荻がざわざわし、朝の豆腐売りさえ寄りつかないところで、精進料理ばかりの腹も寂しい。よそ目には恋知らずのように思われ、心にもなく仏前で香を焚き、どうせはかなく消える命なのだからと、きっぱり庵を捨て、まだ足元が明るいうちに、日が沈む向の岡を目指して歩き出したところ、最上の山伏で大楽院という人に導かれた修験道の一行が通りかかった。世之介はその衣にすがって、吉野までの同行を頼むと、「花より外に友とする人もいない身か」と同情され、その場で師弟の約束を交わした。

心の内なる馬を急がせ、岡崎の長橋を渡ると、かつて若狭、若松姉妹と過ごした昔を思い出し、檜笠を傾けて通り過ぎた。旅の日数を重ね、前鬼後鬼なる化け物が出るという恐ろしい峰を越える時、習わしに従い、懺悔の物語をしたが、恥ずかしい限りで、来世こそは誠実に生きよう、修行に励もうと祈りながら、岩を踏み越えたものの、「嫁っ子茶屋」とかいう色っぽい名前を見ると、また元の泥水に帰ってきてしまった。

泥川なんていう宿場もあったが、どうせオレの心も泥と同じで一生澄んだりはしないだろうからと、山伏の一行とは別れ、大坂方面に足を向けた。

谷町筋の藤の棚に家を借り、鯨のひげ製の耳掻(みみか)きを作る内職などしながら、その日暮らしが始まった。

それでも色事には懲りず、小谷(こだに)、札の辻の立ちん坊、月極めの愛人、素人売春まで完全制覇し、浮名が立つのも承知の上とばかりに、商売女に夫の名義貸しをするようになった。

要するに、この筋の女たちは戸籍を調べられるのを恐れ、男を一人亭主に立てて、世間体をつくろい、売春で身を立てているのだ。中寺町(なかでらまち)や小橋(おばし)には坊主殺しというのがいて、色町をうろつけない隠居のオヤジが貯め込んだカネ目当ての類がそれだ。煩悩の垢(あか)は簡単には落ちない。簾(すだれ)に「洗濯屋」と書いて、障子を閉め切り、新しい畳を敷いているので、それとなくわかる。お妾稼業といっても、後継ぎができないからとか、女房が病気のあいだの慰みにというわけでもない。そのさもしさは実情を知るほどに呆(あき)れる。一人の女が今日は北浜の手代、明日は糸問屋の誰それ、夜はとあるサムライと男をとっかえひっかえしていることを知らないのは男どもだけというのが、心憎い。

こんな稼業の女たちに関わりができ、訪ねてゆくと、杉の葉玉の目印を出した酒屋があって、その脇の細い路地に長屋の入口がずらりと並んでいる。どれも北向きに窓が切ってあり、中を覗けば、篩の修理、石臼の目切り、その隣は鉢叩き、次は芸人と様々に世を渡る有象無象が住んでいるが、暮らし向きは楽ではなさそうだ。遊び人の肩身も狭くなる。その奥には大溝があって、日陰なのに、物干し竿を渡し、飛紗綾の腰巻や糠袋をかけているのが怪しい。中を覗くと、兼好法師がいうところの「寿命泥棒」そのものの婆さんと、その娘にしては、大人しそうな娘がいる。字も書くくらいの教養はあるらしく硯箱があり、仏の掛け軸の下の蕎麦殻枕が目についた。この宿に似合わない大きなまな板や、欠けた銚子もあり、昔はもう少しちゃんとしていた人の成れの果てだなと思った。変なところに目をつけ、世之介は無理やり婿入りしてしまった。婿入りしたその夜に毒殺された小栗判官にならなければいいけどね。

巻三目録

恋の捨て金

世の中に暮らしていれば、やれ正装だ、喪服だと面倒だ。男の身だしなみとして、毎朝、髪を結わせるのも面倒くさいので、隠居して坊主姿になり、今こそ気楽にと、八幡(やわた)の柴(しば)の座(ざ)というところに引っ込み、遊んで暮らす人がいた。東に三百億円分の小判を納める蔵を造らせ、西に銀の間を作り、春画の襖(ふすま)をはめ、都から美女たちをかき集め、誰の目も気にせず、ある時は白い肌と黒い毛が透けて見える薄絹の腰巻をつけさせ、裸相撲を取らせている。要するに毎日が無礼講というありさまだった。この人、元は若狭(わかさ)の小浜(おばま)の人で、北国(ほっこく)筋の船着き場の女郎から敦賀(つるが)の遊女まで残らず見尽くし、今は上方(かみがた)に住んでいる。

世之介は今や勘当の身になり、よるべもなく、流しの歌手になって、交野(かたの)、枚方(ひらかた)、葛葉(くずは)と街道を渡り歩き、橋本に泊ったが、そこは大和の猿回し、西宮の人形使い、その日暮らしの歌念仏坊主などのたまり場で、どいつもこいつも同じ穴の狐(きつね)で、うまく化けた連中ばかりだった。ここはまたウリセン男や売春尼のたまり場でもあり、世之介は朝に稼いだ金を夕方には使い果たし、残った古扇子を持ち、編笠(あみがさ)をかぶり、放生(ほうじょう)

川を渡り、常盤町に入ると、竹やぶの奥に寺の小姓の姿が見えた。

「ここはどういうところですか」と里の人に訊ねると、「金持ちの遊び場」という。ならば、謡曲は堅苦しいだろうと、「我ふり捨てて」と戯れ歌で一拍子上げると、名人忠兵衛も真っ青の名調子で門の外から声も惜しまず歌うと、耳の肥えた人が「いい歌声だ。ちょっと寄っていきなさい」といってくれた。中の様子を見ると、公家の落とし子みたいな上品な佇まいの人たちがいた。世之介を見ると、「浪費が過ぎるので、親に疎まれ、懲らしめられて、こうなったのだろう」と見透かされた。さすが都の近くに住んでいる人の目は欺けない。

ちょうど座敷弓が始まり、二百のうち五十から百は的に当てる腕前の人たちの争いらしいが、ある人の道具を借りて、世之介が挑戦してみると、五本中四本も命中し、一本は真ん中の切穴を通ったので、そこにいた人たちは驚き、もう一回、もう一回と所望した。また別の人は琴を弾こうとしながら、爪がないので困っていると、世之介はみすぼらしい懐から薄紫の袱紗に包まれた家紋入りの爪を取り出して、「指に合いますでしょうか」といった。

これこそ泥の中で光る玉と思ってか、その後は一同のコトバ遣いも変わり、しばらくこの里にととどめ置かれた。「明日、京都に女を迎えに行きます。一緒に行きましょう」と誘われると、世之介は「都のあらましや様子は心得ています」と答えた。

――そもそも京都は水清く、少女の時から綺麗な顔を湯気で蒸し、手足が太くならないよう、手には指輪、足には革の足袋を履かせたまま寝かせて、髪はさねかずらの滴で梳き、体は絶えず洗い粉で洗い、朝夕の食事も吟味して、女の諸芸教養一通りを教え、肌に木綿物を着せず、いいお妾さんに仕立てるのです。女は磨いてこそ光るもので、生まれつきの美人は滅多にいません。今の流行りは桜ほっぺの丸顔でしょう。まっ、お好み次第ですが。

それで御幸町の甚七のところに行って、「西国の大名の御用達だ」と取りなし、「年の頃は二十より二十四、五まで。美人画通りの女を選ぶ」と伝えると、その日のうちに七十三人の女が集まった。中には乗り物に乗って、下女や召使いを連れてくる者もいた。思い思いに着飾った姿は、唐の玄宗皇帝が官女たちに花の枝で戦をさせた光景さながらだった。ご隠居はその中でも柳馬場の刺繍屋のおさつという女が気に入り、千五百万円を貢いで、召し抱えた。世之介にも七条の笠屋のお吉をあてがい、口利きにも十分の一の手数料と祝儀を払い、本日吉日、都に帰ってきた。やはり都は何かと融通が利く。

袖の海の魚売り

男山八幡（おとこやまはちまん）の神事の見物に小倉（こくら）の人が上京してきたが、この土地の桜にも飽きた世之介は誘われるまま小倉に行くことになった。淀川（よどがわ）を下る途中、鵜殿堤（うどのづつみ）で名物の芦（あし）を筆に見立てて、旅情を書きつけたりしていると、左に天野川（あまのがわ）が見えた。近くの磯島（いそじま）は船頭相手の女がいるところだ。右の方には西行（さいぎょう）が「仮の宿り」と詠んだ江口の遊女がいた場所として、榎（えのき）や柳の木に隠れたわびしい庵（いおり）が残っている。同じ岸沿いには三島江（みしまえ）という村もあり、昔は遊女が住んでいた。

さらに下流に行った先の神崎（かんざき）中町には、白戸（しろど）とか白目とかいう遊女が出たところだというので、自分が知らない遠い昔に思いが募った。

波は海が近づくにつれ次第に荒くなったが、潮境の川口で早舟に乗り換えると、風向きもよく、備後（びんご）の鞆（とも）という港町に着くや、ここの遊郭で有名な花鳥（かちょう）、八島、花川あたりを呼んで、さっさと床に入ったものの、初対面なので話も続かず、発展もないままウトウトしていると、日和見（ひよりみ）役に起こされ、すぐ出舟と帆を巻く音、酒を売る声がうるさくなり、しっぽりと乳繰り合ってもいられなくなった。

その夜に逢(あ)って、明け方に名残(なごり)を惜しむというのでは、ろくすっぽ顔も覚えられない。「また縁がありましたら」などといい捨てて、舟着き場の渡し板を上げ、取り舵(とかじ)を切って、沖に二、三里も出た頃になって、世之介が鼻紙入れを忘れてきたことをしきりに悔しがる。わけを訊(き)けば、「花川という女に誓紙を書かせ、名前の下に血判まで押させたのに」という。

――あんなせわしないところで、よくそんなの書かせたな、この女郎たらしめ。

一同舟縁を叩(たた)いて大笑いした。

ほどなくして小倉に着き、朝の景色を見ると、鹿子(かのこ)模様を散らした木綿の着物に茜(あかね)色の裏地を出し、どし織の帯を前結びにし、髪を太く結い、後ろに流した女たちが、頭に浅い桶(おけ)を乗せ、滴る水に濡(ぬ)れた袖をまくりあげ、大勢やってきた。浮藻(うきも)混じりの桜貝、鰆(さわら)、いとより、マテ貝、石鰈(いしがれい)など乗せて、大橋を渡り、道を急ぐので、何事かと訊くと、「内裏(だいり)や小島の魚売りで、土地のコトバでは『たたじょう』というんです」という。伊勢(いせ)では『やや』というから、場所によって呼び方が違うもんだなと笑い、さらに詳しく訊ねてみれば、魚を買ってやると、草履を脱いで奥座敷にも上がるそうだ。潮風に吹かれて磯(いそ)臭い腰巻もたまにはいいものかもしれない。

ある日、連れの人と磯伝いに舟を飛ばし、下関の稲荷(いなり)町に出かけた。ここの女郎は上方風で、おっとりしている。髪は下げ髪で、大抵は打掛を着て、物いいに少し訛りがあるのがまたいい。今の人気芸者は長崎屋の蜷川、茶屋の越中、煙草屋の藤浪で、相手にするならこの三人、都の太夫の中にもこれほどの女はいない。「いくらだ」と訊けば、「七万」という。揚屋町に行くと、常連の大尽が日頃から気前がいいと見えて、大座敷に通され、亭主や女将が入れ替りに挨拶に来て、「上方のお客様にどんなおもてなしができますか。ひなびていることくらいしか話のタネにならないでしょう」などという。

　そのうち女郎たちが勢揃いし、銚子も動き出した。まだ古風な習慣が残っていて、酒の勧め方が几帳面で、お膳を何度も据え替えるのがうるさいが、これも精一杯のもてなしと思っているようだ。無理強いの歌や三味線もやかましく、締まりがない。こういう座は落ち着かない。床に入ってからも、女郎が世話を焼いてくれるのはいいが、男は酔って前後不覚になり、何をいうかと思えば、仲間の女郎と寝てやしないかと詮索したり、妙な駆け引きを仕掛けてきたり、下手ないいわけをしたり、どの床も似たり寄ったりで身につまされる。ほかの女郎とは口も利かせず、客につきっきりでは気も詰まる。五、六日居残りを続けるうちに、さすが世之介、うまいことやり繰りして、全員の女郎と肌を合わせた。やがて、それもばれ、すごすご京都に帰る羽目になった。

是非もらい着物

服を借り、知らない道を訊ねて、中津というところを過ぎ、泊る宿のアテもなく、その夜は寺のお堂で夜を明かし、明日はどうするか考えていると、村はずれからやぐら太鼓の音が聞こえた。「これは都で人気、藤村一角の旅芝居」という客引きの声がする。

看板を見てみると、都で羽織などやって、目にかけてやったお囃子の庄七の名前が出ていたので、こいつを頼って、勘当されてからのあらましを話すと、「何が起きるかわからない世の中なんですから、そう嘆きなさんな」と請け合い、「歌心があるんだから、当座の食い扶持に舞台に立ったらいいでしょう」と口利きをしてくれた。

着古しの長袴を履いた足元も定まらないまま、品之丞という役者の登場場面で、人並みに頭を振って呼吸を合わせるのがおかしかった。相変わらず強欲で、身のほどを知らない世之介は、若い女形をそそのかし、ほかの勤めの邪魔をするので、そこをも追い出された。それでも何とか食いつなぎ生きているのが不思議なくらいの日数を経て、今日、大坂の浮世小路に辿り着き、自分のことを忘れない女がいるはずだと、そこを訪ねた。

　花屋、煙草切り、駕籠屋と並んだその西隣に、何を商うわけでもなく、柿染の暖簾をかけて、女は一人暮らしをしていた。この女は世之介の乳母の妹だった。その乳母も二、三年前に亡くなっていた。それでも、昔の恩返しで親切にもてなしてくれた。その日の夕方、紅うこん色の絹襦袢、上に藍染の着物を羽織り、縞繻子の二つ折り帯を左脇で結び、赤の前掛けをして桐の駒下駄を履いて、やけにめかし込んだ女が束ねた牛蒡に小柚子をぶら下げて、家に駆け込んできて、「いつかお願いした、縦縞の着物の質札は手元にありますか?」とかかあに囁いた。

　世之介はおやと思い、「あれはどんな女だい」と尋ねると、「女中、飯炊き女みたいなもの」と答える。「それにしては、いい身なりじゃないか。機織り女だって、給料は限られている。ここの女中はたんともらってるか、長期契約だな」といえば、「苦労知らずの昔とは違って、そんな細かいところまでよく見ているのね」と笑った。

――あの人は問屋に奉公する蓮っ葉といって、見映えのいい女を、関東、九州からのお客の夜のおもてなしのために抱えているんです。昼も夜も関係なく、連れ込みの宿を次々替えて、好き勝手に男を食い散らかしてるんですよ。親方の手前だろうが、ほっつき歩き、妊娠しても苦もなく堕ろすし、着物は相手の男にもらい、はした金もあればあるだけ使ってしまうし、正月に作った着物は夏秋を越さずに売り払い、蕎麦や酒に替え、三人集まれば、下ネタで盛り上がり、高麗橋を渡って家に帰ることも忘れ、たまに神社仏閣に詣でるにも綿帽子をかぶったまま、草履の足音もうるさく、道すがらも人の耳を気にもせず大声で話し、「昨夜は好きな男に手紙を書きながら、寝入ってしまって、夜中に客にやられちゃったのも気づかなかった」とか、「七千円で鼈甲、本蒔絵の櫛ができる」などとあけっぴろげに話すのを聞かされた日には、恋も冷めるでしょう。帰りも真っ直ぐには帰らず、宿に立ち寄り、気前のいい男を呼び出し、いやとはいわない程度のカネをせびり、のうのうと暮らし、港の人夫などと夫婦になって、容貌はたちまち衰え、前と後に子どもを抱え、長男の手を引き、米屋に行って秤に文句をつけるんです。何ともあさましいですけど、かくいう私もそういう女たちが使う連れ込み宿をやってます。もう隠したってバレバレでしょ。

　そうやって、何もかも話してくれたが、世之介はそんな女たちを放っておけず、またもや放蕩を尽くしてしまった。行末はどうなるものやら。二十三歳の年も無駄に暮れてゆく。

一夜の枕物狂い

提灯程の火が降るくらい台所事情が苦しく、借金取りが押し寄せる大晦日が恐ろしい。「埒明かず屋の世之介」とののしられ、居留守を使い、二階に隠れ、くぐり戸が鳴るたびに胸を押さえ、耳を塞いで、この辛さも生き延びれば、いずれ笑い話になると念じながら、過ごした。「扇はいかが、扇は」「お恵比寿、若恵比寿」と新春の物売りの掛け声が聞こえると、少し春の心地がして、日差しは穏やかで、日向に暮らしている人の家の門には松の緑が映え、年始の客が来ている。子どもは手鞠をつき、羽子板に夫婦と子どもが描いてあるのを羨み、男も女も珍しいものを見るようにお守りの艶笑文を読み、暦の最初に「姫初め」と書いてあるのが笑える。人の心も浮き立ち、昨日までのことは忘れ、そして今日という日も暮れてゆく。

節分の二日は、ある人から鞍馬山詣でに誘われ、市原という野を行けば、厄払い、悪夢払いの獏の札や宝船を売る人の声が聞こえ、玄関先には魔よけの鰯の頭や柊を刺し、豆まきの声がし、鬼を締め出すのに宵から戸を閉めている。洒落ではないが、懸金という坂を過ぎ、鞍馬寺の鰐口の緒にすがると、柔らかい手の感触があり、早くもときめいてしまった。その昔、扇の美人画に恋をし、ここに籠った男や、「思いあれば、我が身より」と詠んだ女の話まで思い出し、心もうつろになると、鶏の鳴き声を真似(まね)る行事が始まり、それで目覚めた人たちが帰り始めると、世之介は友人におもむろにこんなことを囁く。

——今夜は大原の里の雑魚寝(ざこね)といって、庄屋(しょうや)のかみさんや娘、下女も下男も関係なく、老若の別もなく、江文(えぶみ)神社の拝殿に雑魚寝するんだってさ。一夜限りの無礼講で、何でもありらしい。行ってみようぜ。

早速、朧(おぼろ)の清水、岩陰の道、小松原を通り、大原に着いた。

牛でもつかんでしまいそうな暗闇を手探りすると、あどけない姿で逃げ回る娘がいたり、手をつかまれても断る女がいたり、向こうから抱きついてくる女がいたり、しみじみと語り合っているのもいる。一人の女を二人で奪い合い、口論しているのもいて、かなりやばいことになっている。七十過ぎの婆さんを驚かせたり、おばさんを乗り越えたり、主人の女房をいやがらせたり、しまいにはわけがわからなくなり、泣くやら笑うやら、喜ぶやら怒るやら、噂(うわさ)よりはるかに面白かった。

明け方近くなってから、いっせいに帰ってゆく様子は様々で、竹杖(たけづえ)をつき、腰をかがめ、頭に綿帽子をかぶり、人目を避け、脇道をゆく老女がいた。少し離れてから、足早になり、腰のかがみも自然に伸び、後ろを振り返るその顔に石灯籠の光が映った。世之介は不思議に思い、後をつけてみると、案の定、色白で、髪が美しく、物腰も優雅な二十一、二の女だった。これは都に出しても、恥ずかしくない。早速、口説かねばと、声を掛けてみた。

——都の人ならば、なおさらお許しください。私にいい寄る人が多くて、面倒くさくなったので、変装して逃げてきたんですから。

そういわれても諦め切れずに「一生連れ添うから」と約束した。「見捨てない？」、「見捨てるものか」といいながら、しまいには松陰に身を潜めて、愛し合った。そこへ逞しい若者が五、六人、三、四人と連れ立ってやってきて、あたりを探し回り、「村一番の美人はどこに行った」と殺気立っている。この女のことに間違いない。二人は身をかがめて、息を殺した。女と一緒に武蔵野に逃げ隠れた業平の切羽詰まった気持ちがよくわかった。うまくやり過ごし、彼女を連れて、下賀茂あたりに行くと、ある人を頼って、所帯を持ち、質素に暮らした。大原の炭売りにでも見つかったらえらいことだが、恋というのは往々にして、こうした「びくびく」が「わくわく」に変わるものなのだ。

謝金は一万円の外

年越しの夜、大原の里で盗んできた女と馴染み、二十五歳の六月晦日までは持ったものの、米櫃は寂しく、紙の蚊帳も破れ、進退窮まった。結局、世之介はこの女も置き去りにして、佐渡の金山に望みを掛けることにした。佐渡から十八里手前の出雲崎というところまで来て、日和を待ったが、大人しくしていられるわけもなく、舟宿の主人を手招きし、「このへんに慰み女はいないか」と訊ねると、「北国の果てだからといって、侮っちゃいけません。寺泊というところに花街があるから、見せてあげましょう」というので、夕暮れからそこに行ってみた。

軒がまばらに連なる板屋に、格の違いをつけたりせず、ここに五人、あちらに三人と客待ちしているその寂れた感じがいい。秋八月十一日ともなると、北国だけに夕風が寒く、ここではもう冬用の上着を着込んでいる。縞柄ならお洒落と思っているらしく、誰もが紬の色違いを着て、金糸入りの襟をかけている。帯は金襴の短いのを無理に後ろで結び、越後晒しの赤染の腰巻をし、すっぴんでも美しい顔なのに厚く白粉を塗りたくり、額は丸く剃り、生え際を黒く塗り固め、髪は巻いて高く結い上げ、前髪を少し分けて、水引きで結び、赤い鼻緒の草履を履き、懐に手を差し込んで、裾を引き上げ、ちょこちょこ歩いている様子はあまり魅力的ではないのだが、ここしかないので、その中でも見映えがいいのを選ぶことにした。女の容姿には関係なく、一律料金で一万円と決めているところは明朗会計だった。

　ここで男殺しの異名を取る小金（こきん）という女に来てもらう約束をしたが、揚屋があるわけでもなく、抱え主の七郎太夫の家で逢うことになった。新しい薄縁（うすべり）を敷いた奥座敷に、気を利かせて屏風（びょうぶ）を引いてくれた。そこにあしらわれていたのは、花を担いだ吉野参りの人形、木版摺（ず）りの弘法（こうぼう）大師、鼠（ねずみ）の嫁入り、歌舞伎役者鎌倉団右衛門（だんえもん）、多門（たもん）庄左衛門の連（つ）れ奴（やっこ）の押し絵である。これらは全て大津の追分（おいわけ）で描かれたものだろう。それを見るにつけ、都を懐かしく思い出していると、亭主が膳を据えに来た。さっき夕食を食ったと思ったら、もう夜食かと蓋を開けてみれば、赤飯が入っているのがいい感じだった。鯖（さば）を刻んで蓼（たで）の穂と和（あ）えたのも心憎いと思ったが、最後に湯を飲んでも香の物は出なかった。

　女郎は箸も持たず、行儀よくしている。客の前ではものを食べないという上方のしきたりを誰が教えたのか？　しおらしいなと感心していると、行燈（あんどん）の芯を指で引っ張り上げ、部屋を明るくすると、すぐに指についた油を髪になすりつけるのを見て、唖（あ）

然とし、こみあげてくる笑いを腹を撫でてこらえていると、また亭主が出てきて、「後で腹が減らないようにちゃんと召し上がれ」という。それには返事もせず、ウトウトしていた連れを起こし、酒を飲み直した。壁を隔てた向こうでも酒を飲み始め、六、七人の声で「三国一じゃ」とはやし立て、拍子が合ってる、合ってないと同じことばかり繰り返しているので、亭主に様子を訊いた。

——最近、上方から「ざざんざ」という小唄が広まって、土地の若い衆がいろいろ稽古しているようですが、声が揃わないようで。

世の中は広いということを改めて思いながら、「柴垣踊りは知ってるかい」と訊ねると、「夢にも知りません」というので、「万事この調子じゃ寝るしかないな」といった。縁を編んだゴザ一枚、松竹鶴亀を染め込んだ木綿の掛け布団、それでも枕は二つ出して、「さあお休みなさい」という。「わかったよ」と枕を南に向けて、布団をかぶり、今か今かと女を待っていると、やがて足音がして、寝床の近くで立ったまま帯を解き、着物をそこら中に脱ぎ捨て、裸でぐすぐすと入ってきて、「これもいらない」と腰巻も取り、そのましがみついてきた。大事なところを探り、やたらに身悶えするが、まだ宵の口なのでなかなかその気になれない。オレは江戸で初代の高尾太夫に三十五回も振られ、そのままになっている。今思えば、実に悔しい。この女がその太夫で、こうまで自由になるなら、逆に面白くないだろう。昔を思い出し、腹が立ち、むっくり起きて、「帰るぞ」と連れにいい、祝儀をやっておくよう頼むと、わかったといい、亭主に一万、女房に三千、女中たちに七千、計二万円をまき散らした。大した金でもないのにみんな驚き、「何と太っ腹なお方」と知り合った女郎たちが袖を振って、舟着場まで見送り、互いの姿が見えるあいだは手を振って別れを惜しむので、京都の島原で大門（おおもん）出口まで見送られる気分だった。相手をしてくれた女郎は舟の乗り際に「あなたは日本には似つかわしくない人ね」と囁いた。心にひっかかるものがあったが、今でもよく意味がわからない。

木綿の着物も借りの世

ここでは、霜が降りる前に薬として食べるものといえば、干鮭（からざけ）くらいなものだ。世之介、二十五歳の冬は佐渡に渡る船がなく、出雲崎の舟宿の亭主に頼み、魚売りになって北国の山村を行商して過ごし、明けて男盛りの二十六の春、酒田というところに初めてやってきた。

この浜の景色は、桜が波に映り、とても美しい。西行が「花の上漕（こ）ぐ蜑（あま）の釣舟」と詠んだのがまさにこのあたりだなと、寺の門前から景色を見ていると、尼さん集団が声を揃えて、歌いながら歩いてきた。これはと思い、近づいてみると、褐色に染めた着物に、黒綸子の二つ割り帯を前結びにして、頭は万国共通の黒頭巾をかぶっている。この尼さん集団は体を売ったりする柄ではなかったが、いつ頃からか集団の長から率先して卑猥になり、遊女同然に相手を選ばず、すぐに寝る。三千円も出せば、二人買えるというから開いた口がふさがらない。

あれは確か、江戸滅多町でこっそりちぎりを結んだ清林が連れていた子じゃないか、と思い、「あの時はまだ子どもで菅笠が歩いているみたいだったが、一人前になったもんだ」と声を掛けると、「そんな格好して何してるんですか?」と訊かれ、世之介は「遊び尽くして胸がつかえたんで、気分転換に魚を売ってるんだ」と捨てゼリフを残し、近くに知り合いの問屋があったので、立ち寄った。

酒田の港は繁盛しているから、諸国との付き合いも多く、問屋に来る客は皆、そろ盤を弾いて歳月を過ごす。亭主のもてなしも、女房のお世辞も、とかく金銀の光あってのものだ。上方の蓮っ葉女らしいのも十四、五人、居間にごろごろしているのが見えたが、その姿はかなり変で、髪は巻き上げ、いやというほど口紅を塗りたくり、鹿子紋の袖の小さい着物に、繻珍の帯をして、「気にかけてくれたら儲けもの」といいたげな色っぽい姿で、客一人に一人ずつ付き、十日、二十日、三十日と長逗留（とうりゅう）の客の滞在中は、布団の上げ下ろしから、朝夕の給仕、さらには腰を揉（も）ませたり、髭（ひげ）を抜いたりと自由にこき使い、帰り際に祝儀に三万円でもやろうものなら、カネが珍しいみたいに喜ぶ。彼女たちは皆、問屋が直接雇っている召使いの女というわけではなく、自分の家がありながら、旅人目当てに、集まってくるのである。思うにこの尻軽ぶりは、摂津（せっつ）の有馬（ありま）温泉の湯女（ゆな）と変わらない。土地のコトバでは彼女たちのことを「杓（しゃく）」という。「人の心を酌むという洒落か」と土地の人に問うてみたが、誰も由来は知らない。

世之介は適当にあしらわれたので、仕方なく下男を案内役にし、夕方から浜辺に出て、かねて噂に聞いていたその様子を見ると、人妻らしい女がわざと船頭につかまり、揺れる枕を並べて、淫らに打ち解けた後だった。物をやればば、受け取るし、やらなければそのまま帰ってゆくらしい。ここではそういう類を「かんぴょう」というそうだ。夕顔を削りだし、吊（つ）るして干したのが風にヒラヒラなびいているというわけだ。京都や大坂にいる街娼（がいしょう）と同じだ。

その振る舞いはどんなものかと訊ねると、詳しく説明してくれた。

――ある者は結婚しそびれた女、またある者は四十になっても再婚していない女房で、昼は寝ていて、夕方から化粧をして、普段着を脱ぎ、脇の開いた鼠色の着物に、黒い帯を締め、若作りすると、暗がりでは男が釣れる。住んでいる家の近辺、四、五丁は帷子(かたびら)の上着をかけ、手拭いをかぶり、用心棒の男を待ち、あちらこちらの通りや浜辺をうろつく。夜が更けると、「君の寝巻は……」と歌いながら、三蔵や仁介(にすけ)を夢から覚まし、夜回りをからかい、明け方近くには馬子に抱きつき、野菜を運ぶ百姓舟に声を掛け、客数が重なると、髪も乱れ、腰元がふらつき、ひっきりなしに大あくびをしながら帰ってゆく。後から用心棒が竹杖を引きずってついてゆくのは野良犬を追い払うためだ。

店の門を開ける頃になると、急に早足になって、路地に駆け込むところは人目を忍ぶ気があるようで、それもしおらしい。

親のために客を取る小娘もいれば、夫を用心棒にしている女もいる。我が子を母親に子守りさせ、姉は妹を先に立て、伯父が姪(めい)や叔母の用心棒をするなど、落ちぶれ、しかも死ぬに死ねない命の難しさ、何とも悲しく、あさましい。聞けば聞くほど、哀れな世の中だ。涙の雨が降る夜は、下駄や傘までカネを出して借り、裏長屋を借りても、一月と居つかず、方々に引っ越しを重ね、大家の機嫌を取り、少しばかりの酒を両隣に振る舞い、バラ買いした薪で細々と立てている煙もじきに消えるだろう。夜鷹(よたか)

というのはその日暮らしが常で、月見も雪見もなく、盆も正月も知らぬまま一生を過ごす。

口論のお告げ

「あらおもしろの竈神や、お竈の前に松植えて」と神鎮めの鈴を鳴らしながら、祭文を唱える巫女がやってきた。白装束の下には檜皮色の襟を重ね、日月の模様が浮き上がる薄衣を羽織り、巫女装束に帯をかけ、薄化粧をして、眉を濃く描き、髪はそのままおさげにしている。このようなまともな身なりを整えるにはお賽銭だけでは事足りないだろうと、不思議に思い、人に訊ねると、「いいところに目をつけましたね。あれもだいぶ雰囲気は違うけれども、お望み次第で遊女に化けるんです」という。

早速、巫女たちを呼び、男世帯の我が家に招き、巫女装束を脱がせると、色っぽいご神体が現れた。台所からお神酒を出し、次第に酔ってくると、好きにしてよいとありがたい神のお告げがあった。そのご利益が出るのを待とうと、そのまま女を抱いて寝た。じきに目覚めると、お礼の神楽銭を袖の下から渡したが、見惚れるほど美しく、淡島明神の妹みたいだと思い、「お年は?」と訊ねると、「今年二十一歳になります」

といった。いよいよ萌えが募り、世之介二十七歳の十月、「神無月で神はお留守だから、遠慮は無用」と口説き落とし、常陸の国の鹿島神宮に連れてゆき、世之介自身も神職になりすまし、諸国を巡ることになった。ある日、水戸の本町にやってきた。
――ごめんください。このあいだの縁日の二十五日に、天神と喧嘩して負けた大神が腹をお立てになり、恋風を吹かせ、十七から二十までの情け知らずの娘と嫉妬深い女房を呪い殺そうというお告げがありました。実に恐ろしいことです。もし、心当たりがあれば、恋文の返事をしたり、惚れた男を喜ばせることです。

家々を巡り、そんなどうでもいいことを触れ歩いた。

「さてこの町のお慰みはどんなものかな」と土地の人に訊ねてみた。

――ここはお上の取り締まりが厳しくて、公認の遊女というのはいませんが、淋しい時の相手に「米蔵の籾挽き」といって、雇われる女がいます。これは人の家の下女で、暇な時に派遣するのです。数百人も連れ立って、屋敷町を訪ね、その中で気に入った女の袖を引っ張っても、なかなか落ちない。すぐになびくのはろくな女ではありません。ちょっとよさげな女にはたいてい馴染みがついていて、そこに囲われています。

ところによって、恋の流儀は違うものだ。

夕方、米蔵から帰ってくる時の姿は前垂れをかけ、裾の糠を払い、終日身を粉にし、骨を折って働く今の暮らしを恨んだりする。渋皮の剝けたいい女は、思う存分昼寝しても、手足は荒れず、鼈甲の櫛を挿し、花の露という髪につける油も知っている。多少その匂いがしても、親方も見逃してくれる。一日千円の給料分だけ働いていれば、文句はないからだ。

世之介はそういう女とも馴染みになり、「お腹が大きくなった」といえば、聞き捨て、さらに奥州路を先に進むと、岩代は八丁の目、本宮の浮かれ女を漁り尽くし、仙台に着いてみれば、ここの花街はいつしか絶えていて、その跡を懐かしみ、せめて松島や雄島の女と濡れてみようと、股間を硬くし、褌が乾く間もない。松の木みたいに腰がかがむまで色の道はやめまいと、きょう陸前塩竈の明神までやってきた。

ちょうど湯立という神事が行われている最中だったが、その巫女に一目惚れし、宮司に近寄り、「私は鹿島神宮から当社に参った者で、ここで七日間祈念して帰れとの霊夢を得ました」というと、一同はありがたいことだと真に受け、励ましてくれたりした。目当ての舞姫が夫ある身だと知りながら、隙を見て口説き、そそのかしたり、おどしたりすると、女心のはかなさで、押し倒され、声も出せずにいる。心細くなりながら、「駄目です。いけません」と膝を閉じ、涙を流し、世之介の好きにはさせまいと、重なれば、はね返し、命がけで嚙みついた。そこに神殿の宿直当番だった夫が、家に盗人が入ったのではないかと胸騒ぎがして、帰ってきた。女には罪がない様子なので、世之介を捕らえて、罰として片側の髪を剃り落とした。その夜、世之介は行方不明になった。

巻四目録

因果なる関守

干支（えと）占いは当たらないなどとは思わない方がいい。去年の十二月末、安部外記（あべのげき）というこの世のことは何でもお見通しの占い師にいわれた。「二十八の年は出来心で人妻を口説き、命を落とすか、大怪我をするだろうから、よほどの注意が必要」というのを、「何をぬかすか、胡散（うさん）臭い詐欺師め」と聞き捨てたが、これが大当たりで、こんな身に成り果ててしまい、わけがわからない。半分剃（そ）り落とされた頭を隠し、往来で人に逢（あ）うのも恥ずかしく、信濃（しなの）路に入り、碓井（うすい）峠を過ぎ、追分（おいわけ）というところまでやってきた。

ここの遊女は、山の女の元々の浅黒い肌を磨き、ひびやあかぎれを直させ、着慣れたぼろ着を麻の着物に着替えさせ、女郎に仕立てただけだが、都を忘れた今はそんな女でも充分ありがたい。時々は遊び慣れた奴（やつ）も泊って、盃（さかずき）の回し方や接待の仕方を教えたのだろう、多少の知識はあるので慰みになる。むさい男との付き合いよりはましというものだ。

世之介は旅の一夜を明かし、夜明け早々から道を急いでいると、宿（しゅく）はずれの山陰に新しい関所を作り、手負いの者を厳しく調べ、通行人の笠や鉢巻を脱がせている。

――この取り調べは何のためですか？

そう訊ねると、役人はこう答えた。

――この国の西に当たる萱原という村に強盗が入り、物を取るだけでなく、人を殺して逃げたのだ。その時、亭主が起きて、傷をたくさん負わせたが、夜のことなので、顔がよく見えなかった。そこで、通りの要所隅々に見張り番を据え、こうして人改めをしているのだ。

世之介は片側を剃られた頭を見咎められ、窮地に陥った。

――おまえが片方だけ剃られているのは怪しい。納得のいく説明をしてもらおうか。調べが済むまではここは通さないぞ。

役人に厳しく追及され、仕方なく、塩竈で、人妻と揉め事があったことを話すと、「ますます怪しい奴だ。詳しく取り調べる」と牢にぶち込まれてしまった。思いもよらない難儀で、天罰がたちまち降り注いだ。

朝夕の食事も公儀の飯とは惨めなものだ。最初のうちは目もくらみ、涙にくれ、うなだれていた。奥から十人くらいの男の声がして、「新入りのチビ、牢屋の作法で、胴上げだ！」と集まってきた。顔は真っ黒で、髪の毛はぼうぼうで、両目がギラギラ光り、世界地図に載っていた牛鬼島（うしおにじま）の連中みたいだった。そんなのが左右に取りついて、手玉に取られ、宙に放り上げられると、息が止まり、下ろされてやっと息をついた。こんな目に遭っても死なないもんだと起き上がると、小突かれ、「何でもいいから、芸のひとつでも見せろ」といじる。仕方なく、「長い刀に長脇差をぼっこんで、おせさ、よいさ」と花の都のぬめり節を歌ったが、きょとんとしている。これは駄目だと調子を変えて、昔流行（はや）った「松原越えて」と踊り出すと、みんな手を叩（たた）いて喜んだ。

　こうなったら、地獄の底まで落ちてやれと枕を並べ、ゴザに肌を馴染（なじ）ませ、罪人どもと語り合うようになった。

――オレたちは今回の強盗とは別だ。信濃の伏屋（ふせや）の森を縄張りにして、旅人を襲うのを渡世にしている。現代の熊坂長範（ちょうはん）なんていわれたりもしたが、その罪から逃れられず、終（つい）にはお縄になって、この始末よ。

　暮れれば憂鬱、明けても淋（さび）しい、ちり紙ですごろくの盤を作り、二六、五三と望みの賽（さい）の目を出し、遊んでいるうちに「そこを切れ」と掛け声が飛ぶと、自分の首が切られることを気にかけたりするところがおかしい。「戸口を閉めて出さぬ」というようなコトバも忌み嫌っていた。

——中国でも楊貴妃や虞子君がこういう遊びをしていたらしい。

そういいながら、明かり取りの隙間から隣を見ると、いい女がいた。「あれは」と訊ねると、「亭主を憎んで家出したはいいが、役人に改められ、お縄になった」とありのままを語った。これは面白い女だと天井の煤を楊枝につけて、口説き文句を手紙に書き、「命永らえたら」と互いに取り交わし、人目を忍び、夜が更けてから格子にしがみつき、蚤や虱に食われながら、交われないことを嘆き合った。

形見の梳き櫛

将軍家の法事だということで、諸国に罪の軽い連中の恩赦があった。ありがたいことに、危ないところを救われ、牢屋で出会った彼女を背負って、千曲川を渡った。あいにくその夜は大霰が降っていた。「藁屋の軒先に吊るしてあるのは味噌玉じゃないかしら」と女が空腹を訴えるので、麓に捨て置かれた柴積車の上に下ろし、その村に食い物を探しに行った。

椎の葉に粟の飯を手盛りし、茄子の漬物をもらって、急いで戻る道すがら、後二丁ほどのところで「世之介様〜！」と泣き叫ぶ女の声がし、驚いて近くに駆け寄ってみると、荒くれ男四、五人が尖った竹槍や鹿おどしの弓、天秤棒などを振りかざしている。

——図々しい女だ。命が助かったのなら、真っ直ぐ家に帰るべきだろう。親の家への道を辿らず、誰にどこに連れて行ってもらおうっていうんだ。おまえがいないと、兄弟にも迷惑がかかるんだよ。一思いにぶっ殺してやる。

男たちがいきり立って叫んでいるところに世之介が駆け寄り、詫びを入れたが聞かず、「こいつが相手か」と寄ってたかって殴りかかってきた。ついには茨やくちなしの棘だらけの茂みに倒れ、ピクピクと身震いして、息も絶え絶えになり、気を失った。

梢の滴が自然と口に入って、気がつき、「その女はやらないぞ！」と起き上がったが、もう人の影も形もなく、車とそこに寝ていた女の気配だけが残っていた。今夜こそは枕をともにし、天に寝るなら月を、地に寝るならあられを二人の寝床と見做し、オレの着る物をかけてやり、それからおもむろに交わろうと思っていたのに、悲しいかな、互いに心だけ交わして、肌の色や感触を確かめられないままで、実に惜しいことをしたと、ふとあたりを見廻すと、黄楊の梳き櫛が落ちていた。「鬢付油のニオイは女の残り香だ。せめてこの形見で行方を占おう」と崖伝いに岩陰の道を進むと、鉄砲の先に雉の雌鶏をひっかけた猟師が「ああ命ははかないと雄鶏も嘆いてら」と呟いた。

　身につまされ、悲しく、世之介はその後、六、七日も野宿しながら、女を探した。十一月二十九日の夜、心も体も闇の道を辿り、人里離れたすすき野原に出ると、かすかな篝火(かがりび)の元、卒塔婆(そとば)が立ち並んでいた。亡くなったのはどんな人たちだろう？　惜しまれて死んだ人もいただろう。竹囲いの中の小さな石塔が哀れだった。きっとこの下には疱瘡(ほうそう)や疳(かん)で、親に先立ち、母親に悲しい思いをさせた子が埋まっているのだろう。梅檀(せんだん)の木陰からぼんやり眺めていると、ここの百姓らしき者が二人で棺桶(かんおけ)を掘り返している。どういうつもりか、ぞっとする。人の足音を聞いて、身を隠そうとするところも怪しく、何をしているのか問い詰めると、当惑して返事もしない。

——ありのままを話さないと、承知しないぞ。

　そういって、脇差の反りを返すと、「お許しください。こうでもしないと、食っていけないもんですから、さもしい心が出ました。今ここに美しい女が土葬されたので、掘り返して、黒髪と爪をもらおうとしています」という。「何のために」と訊(き)けば、「上方(かみがた)の花町に毎年こっそり売りに行くんです」という。「そんなもん買ってどうする」と訊けば、こんなことをいう。

——女郎が真心を見せるために、髪や爪を切って、客に贈るらしいんですが、本物は本命にやって、ほかの客には五人でも七人でも「あなたのためにに切る」と手紙に包んで贈れば、そんなやりとりは元より人には内緒にしたがるものなので、お守り袋などに入れて、大事にするというんだから、笑えるじゃありませんか。本物が欲しければ目の前で切らせたらいいでしょう。

──今まで知らなかったな。そんなもんなんだ。

　そういって、死人を見てみれば、なんと自分が探していた女ではないか。「これは」と死体に思わずしがみつき、「こんな目に遭うとは、何の因果の巡り合わせだ。あの時、連れて逃げなければ、こんなことにはならなかったのに。みんなオレのせいだ」と涙を流し、身悶えすると、不思議なことにこの女は両目を開き、ニコリと笑ったかと思うと、また目を閉じた。

──享年二十九、何も思い残すことはない。

　世之介が自害をしようとするのを、二人の百姓は押しとどめ、連れ帰った。ここぞ正念場、覚悟の決めどころだった。

人の体は五つの借物すなわち地、水、火、風、空でできている。寿命が尽きたら、それを閻魔大王に返すまでのこと。合計三十年の夢、この先はどうにでもなれ、だ。身の置きどころも決まらず、最上の寒河江というところに、若い頃、男色の手ほどきを受けた人が住んでいることを思い出し、悲しさも極まり、訪ねずにはいられなかった。

十九年前に別れたその面影を互いに忘れず、涙を流しつつ昔話をしたが、男女の場合とは違って、男同士は誠意を尽くす。変わらない証に、大和中沢の拝殿で初めて関係を持った時、慈覚大師作の五センチ程の十一面観音を贈ったが、今も肌身離さず、信心してくれているとは嬉しい限りだ。

この人も望み通りの奉公の口を得られず、下男もおらず、コンロに飯釜一つの暮らしで、明日の薪にと、風を待ち、落葉をかき集めている。台所には里芋のほかには味噌濾しもない。壁にかかっているものといったら、こよりで要を作った扇、飯粒を練るヘラ、唐辛子、こん棒、縄くらいのものだ。

——それにしても、ひどい暮らしですね。何をしてしのいできたんですか？

世之介が訊ねると、浪人はこう答えた。

——今江戸で流行っているという蠅取りの蜘蛛を仕入れて売ったり、ある時は泣く子をあやす三十円の長刀を削ったりして、どうにか天の恵みで生きてこられた。はるばる来てくれたのだから、久しぶりに酒でも飲もう。

浪人が腰の刀の鍔を外し、こっそり徳利を提げて出て行こうとするのを世之介はそれには及ばぬと引き留めて、「とりあえず足休めに今夜は寝て、積もる話は明日にしましょう」と手元にあった砥石を枕にして横になった。

夜が更けると、浪人は古い葛籠を開け、鳴子や罠に使う張り弓を取り出し、「近くの山に狸がのさばっているから、これを捕らえて、御馳走しよう」と家を出て行った。まだ体も温まらず、目をしょぼつかせていると、二階から梯子を伝い、頭は女、足は鳥、胴体は魚にそっくりの化け物が下りてきて、磯に打ち寄せる波のような声で「世之介様。私をお忘れですか？　石垣町の鯉屋の小万の執念を思い知れ」という。枕元の脇差を抜き、打ち据えると、手応えはあったが、消え失せた。今度は後ろの方から、女は嘴を鳴らし、「私は木こりの吉介の娘おはつの魂です。二人の仲は一心同体といいながら、恋い死にさせたその恨み」と飛びかかってくるのを、これも切り伏せた。さらには庭の片隅から手足が楓の葉のように見える身の丈六メートルもの女が現れ、風が吹きすさぶ声で「我は高雄の紅葉を見ようと誘われ、一生連れ添うつもりの夫に毒を盛ったのに、よくも心変わりして見捨てたな。次郎吉の女房を忘れたか」

と噛みついてくるのを組み伏せて討ち取った。

この時、目がくらみ、気力も尽き、これで最期かと思っていると、空から十四、五間も続こうかという大綱の先に女の首が逆さまにぶら下がり、「我こそは上の醍醐の山の上で尼になった女、来世を大事に修行していたのに、髪を伸ばさせ、見捨て途方に暮れさせたその恨みを晴らしてやる」と這い回って世之介の息を止め、喉に食らいつこうとするのをかわして刺し殺した。もはやこれまでと念仏を唱え、心の剣を捨て、西方浄土に向かって拝み、今にも死にそうになっているところに、浪人が帰ってきた。見ると、そこいら中、血だらけで世之介は前後不覚になっている。驚いて、耳元で呼びかけ、何とか正気を取り戻した世之介に様子を訊くと、ぼそぼそと一部始終を語り出した。不思議に思って、浪人が二階に上がると、世之介が四人の女に書かせた証文がさんざんに切り破かれていた。けれども、神々の名前を記した部分は残っていた。間違っても、神々に誓う証文なんて書くものではない。

風変わりな若衆

今時、もののあわれをとどめる女といえば、大名の奥方に仕えて、陽の目を見る機会のない奥女中や下女たちだろう。年頃になる前から、奥方のそばに仕え、男という生き物を見ることさえ稀なので、当然、性の喜びなど味わったことなどなく、いたずらに年月を過ごし、二十四、五になっても、何もない。あられもない春画を一人、笑いながら眺め、「これはどうしようもない。ああ、ああ、気が変になる」といいながら、顔は赤くなり、目が据わり、鼻息はおのずと荒くなり、歯軋りをし、細腰をくねらせる。

——何なの、この女、本当に憎たらしい。女なんかに構わずに寝ていたそうな男の腹の上に、たいして美しくもない足を投げ出して、糸みたいな目をして、人が見ているのもお構いなしに真っ裸になって太い脇腹や尻を晒して、下になっている人はさぞ重たかろうに。いくら絵だからといって、この女、最低だわ。

そんなことをいって、本気で爪を立て、書物を破り捨ててしまったりする。女中頭もそんな一人だったが、雑用係の女に錦の袋を渡して、「長さはこれより少し長いくらい、太い分にはいくらでも構わない。今日中にお願いね」と頼んだ。女は連れの下男に風呂敷包みをひとつ持たせ、「この女と下男の二人、お通しください」と書いた外出許可証を見せて、裏門を出て、常盤橋を渡った。堺町あたりに細工の腕のいい職人がいて、その人の元を訪ねると、小座敷に通され、七つくらいの少女が様々な道具を持ってきて見せたが、どれも短か過ぎで気に入ったものがない。「ちょっとこっちへ」と奥に引っ込んでいる亭主を呼び出して、望みの大きさのものを注文して帰った。ちょうど芝居が始まる時間で、「丹後の浄瑠璃の元祖はこれですよ」と呼び込みをしている。

その頃、流浪の世之介は、また江戸に舞い戻り、唐犬権兵衛の世話になっていた。髪型も変え、男前になり、女に好かれる出で立ちになっていた。世之介が木戸口に入ろうとした時、使いの女中が下男を通じ、「ある方がそっとお目にかかって、お話ししたいことがあると申しております」と伝えた。何のことかさっぱりわからないまま、「どんなご用件でしょう」と出向いてみると、女は声を潜めて、答えた。

――突然で、ご迷惑でしょうが、先ずはお人柄を見込んで、是非ともお願いしたいことがあります。私はある御屋敷で、奥様に仕えている者でございます。話せば長くなりますが、親の敵とさえ思っている人を、今日という今日、見つけました。女の身には手強い相手なので、後ろ盾になっていただき、思いを遂げさせていただきたいのです。

いい終えると、女は涙を流していた。世之介は思いあぐねたものの、引くに引けなくなって、「ここは人も多いので、その辺の静かな所で詳しい話を聞きましょう」と近くの茶屋に女と入り、「しばらくここでお待ちを」と家に戻り、鎖帷子(くさりかたびら)に鉢巻を身に着け、刀の目釘(めくぎ)を確かめ、仇討(あだう)ちの出で立ちを整えて、さっきの茶屋に戻ると、「さて詳細を」と問いかけた。

女は落ち着き払い、例の錦の袋を出して、「これをご覧になれば、私の心中をお察しいただけるかと」というと、襟に顔を埋(うず)めてしまった。世之介が紅(くれない)の緒を解いてみると、二十センチもある先太(さきぶと)の形の張形で、何年も使い古し、亀頭がすり減っていた。世之介は白けた顔で「これは……」と問うと、「だってこんな形のものを使っていたら、死んでしまうような気がして、それこそ命の敵ではありませんか。どうかこの敵を討ち取ってください」と世之介にしなだれかかった。自分の刀を抜く間もなく、女を組み伏せて、首筋を軽く絞めてやると、三畳間の畳の裏まで濡(ぬ)らしてしまった。別れ際、女は袋から一包みの金を取り出して、袖の下からそっと差し出すと、「また盆の里帰りの七月の十六日には必ず」といい残して、帰った。

昼の釣り狐

「加賀(かが)の大聖寺(たいしょうじ)の時太鼓」と歌舞伎踊りの拍子歌を歌いながら、夜明けを待って騒ぐ陽待ちの遊びをしていると、客の中に夢山様という親も子もない七代続いた大金持ちがいた。先祖は来世を犠牲にして、現世利益を叶えるという無間の鐘を突いたのか？毎日、せっせと散財に励んでも財産は減ることを知らず、日々、遊山遊興にふけっていた。

　だが、彼はいまだ踊り子だの、舞子だのを見たことがない。世之介が京都に上るのなら、都の様子を見たいといい、全てを任された。知恩院の古門前町に座敷を借り、十日契約の妾を抱え、夜の慰みにし、昼は十人の舞子を集めた。一人あたま三万円だ。顔は可愛らしく、生まれつき色っぽく、小さい頃から舞子として仕込むのだが、所作などは男の子みたいである。十一、二、三、四、五歳までは、女中方にも招かれ、座の取り持ちをすることもあった。その年頃を過ぎると、月代を剃らせ男装させ、男のようにしゃべらせ、裏付け袴の股だちを取り、鮫鞘の大小を落とし差しにし、虚無僧の編笠を深くかぶり、鼻緒も太い雪駄をつっかけ、奴姿の草履取りをつけ、寺への通いの小姓といっている。さらに年を重ねると、あいの女といって、茶屋の女でも遊女でもない中途半端な女になり、その後は売春宿の女将になり、客も取る。最後は婆になってすたれてゆく。

「何事も若いうちが華」と舞子時代を懐かしむ女に、色事のたしなみについてあれこれ訊いてみた。

――四条の「切貫雪隠（きりぬきせっちん）」というのがありまして、由緒ある家の未亡人など、外出しても仲居や腰元、付き添いの者が多く、気ままには振る舞えない方を、この雪隠に入れるのです。中には秘密の抜け道があり、束の間の逢（あい）引（び）きをするのです。「忍び戸棚」というのは、これも内側に通路が仕掛けてあって、男をそこに隠して、戸棚の中でこっそり逢引きするのです。「あげ畳」というのは、簀子（すのこ）の下に道を通して、都合が悪くなると、そこから男を逃がすのでございます。「空寝入（そらねいり）の恋衣（こいごろも）」というのは、次の間の押し入れに後家向きの地味な柄の着物、大きな綿帽子、房付きの数珠（じゅず）などを入れておき、男を先回りさせ、それら衣類を着せて寝かせておき、さるご隠居の奥さまといって、油断させ、その隙に逢引きするのです。「後世（ごせ）の引入（ひきいれ）」というのは、黒い着物姿の美しい尼さんを、物にできそうな奥方たちに遣わし、「我が家はこちらです。ちょっとお立ち寄りください」と引きずり込むのです。「しるしの立眩（たちくら）み」というのは、出会い茶屋の暖簾（のれん）に赤手拭いを結びつけておき、女が前を通りかかると、仮病を使い、「休ませて欲しい」といって、中に入るのです。注意深く見れば、そういう場所はたくさんあります。「ちぎりの隔板（へだていた）」というのもございます。これは小座敷の片隅に漆塗りの板を敷き、女が横たわると、逸物が入るくらいの落とし穴があり、男は板の下に仰向けで寝られるように一尺あまりの隙間を作っておくのです。「湯殿の折りたたみ梯子」というものもございます。外からは手桶を手渡すことさえできないような完全な密室に見せて、女が裸になって中に入り、内から戸を閉めると、天井から細引の梯子が下りてきて、女を上に上げ、事を済ませたら、下に下ろすという仕掛けです。そのようなからくりがかれこれ四十八あります。女さえその気になれば、逢えないことはないのです。危ない、危ない。とても人のかみさんや娘には聞かせられない話でしょ。

目に三月を楽しむ

さすが花の都京都だけあって、四条五条に人通りが絶えることがない。賀茂川の水害のせいで昔見た山の姿も変わり、頂妙寺も火事で東川原に移り、鴨川の土手も石垣となり、慈鎮法師が歌に詠んだ真葛が原にも家が建ち並ぶようになった。

世之介と愉快な仲間たちが「恋の相手はやはり御所の女中に限るね」と話しながら、石垣町の浪屋という茶屋に腰掛け、しばらく通行人を見物して休んでいると、「田舎とは違って、これはこれは」と相手が指差す方を見ると、下着に水色の鹿子絞りの白無垢を着て、上着には紫絞りに波模様、「帆」の字に切り抜いた銀の紋どころを五カ所に光らせ、紫絞りの帯を左巻きにし、結び目を後ろに回し、帯の垂れには鉛の重しを入れ、髪には水引きをかけ、黒繻子の奇特頭巾で顔を覆い、白い首筋が目立っている。木地の葛籠笠の白い紐を下あごで結び、白綸子に紅裏を付けた足袋をボタンがけにしている。撚り合わせ鼻緒の藁草履を履き、同じ年頃で、同じ出で立ち、年頃の女が二十四、五人、ぞろぞろとやってくる。はるか後方からは供の女や男がついてくる。

「あれはどういう人たち？」と訊くと、「さるお公家衆にお仕えする奥女中様たちです。あの中の一人に奥方も紛れているはずですが、見分けがつかないですね。ああやって、毎日、遊び歩いているんです。風変わりな物好きですよ」という。

――大いに結構じゃないか。この前、松本名左衛門という女形もそんなお方と夢を結んだらしい。見ることも聞くことも叶わない女のことを思うより、知恵自慢の世之介の力を借りて、気ままに遊べる女を呼ぼう。

そんな話になり、今流行の扇子の地紙を持ってこいと扇屋の店員の女を家に呼びつけ、「この女はどうです」という。

――雨の日の退屈しのぎか、女人禁制の高野山で見ていたら、我慢もできようが、京都に来て、いい女をさんざん見た後じゃ、大抵の女は駄目だね。

夢山にけなされたので、その女も帰してしまった。

——こうなったら、夢山様のお望み通り島原に繰り出すしかないな。

世之介がそういうと、遊び慣れている善吉が「世之介の初めての遊女狂いだ。みんな、この善吉のやり方を見習え」と衣装箱持ちと召使いを二人引き連れ、袴の裾をまくり、刀二本をかんぬき差しにし、編笠を深くかぶって、島原に繰り出した。

その日は正月十六日。この遊郭では人形の店が出ていて、揚屋の門を押し分けられないほどの賑わいだった。どんな太夫も百万、二百万もする人形を買ってもらって、慰めにするというから、こんな日にねだられる旦那は大迷惑だ。この景気のいい賑わいに、心を持たない藤六、見斎、粉徳、麦松といった道化人形までもが浮き立って見えるのが面白い。

善吉は今が男盛りだ。江戸では売れっ子の小太夫に惚れられ、浮名の立ちついでに、人にできないことをしてやろうと、ある時、雪がちらつく朝の帰り際、太夫の袖がめくれるのも構わず、傘を差しかけさせ、しかも裸足で大門口まで見送らせた。それは確かに前代未聞のことだ。

この一件があって、親方が二人の仲を裂こうとしたが、お構いなしに太夫の方から身を投げ打ち、ままならない恋に涙したというくらいだから、よほどの魅力があるのだろう。江戸の色町では知らない者はなかったが、島原では馴染みもない。丸太屋の店先に衣装箱を下ろさせ、腰掛けて中を覗けば、綺麗どころが集まり、酒盛りをしていた。その中の石州という太夫が自分の盃を、給仕を通じて、門にいる善吉に「お近づきのしるしに」と差し向けた。「これはこれは」と二杯飲んで返し、太夫が再び受ける時、善吉は「では一つ酒の肴に」と衣装箱から継ぎ棹の黒檀六筋がけの三味線を取り出し、「おまえ、歌え」と供の者にいった。かしこまって、一節歌い出すと、その声の美しさと善吉の三味線の腕前に感じ入り、さすが石州が見立てただけのことはあると、彼を中に招き入れた。

是非、今日は善吉と過ごしたいと太夫の方から持ちかけ、今日約束済みの客に断りの手紙を出し、善吉と懇意になった。世之介はといえば、太鼓女郎にさえも振られ、悔しさに「人の奢りで遊ぶところじゃない。オレも一度は太夫をものにしてみせる。このまま終わってたまるか」と誓いを立てた。

火神鳴の雲隠れ

奥行きのある豪華な造りの家で、天秤の針口を叩く音を聞くと、世之介はさもしい気持ちになった。

——今オレにどれほどのカネを持たせても、貯めるようなことはすまい。ものの見事に使って、日本中の揚屋をびっくりさせ、「おいで」と呼んだら、一度に十人に返事をさせてみせるぞ。

自分の目が黒いうちは家に寄せ付けるなと自分を勘当したオヤジには別に恨みはない。自分が重ねてきた悪行も身に沁(し)みている。どんな山でもいいから、引(ひ)き籠(こも)って、肉も魚も食わない生活を送ろうと思っていた矢先、やかましい世間の声から遠く離れた紀州音無川(おとなしがわ)の谷陰に、ありがたい坊さんがいるという話を聞いた。この人も昔、女に溺れたことがあり、改心して、仏道に入ったらしいので、今後の生き方指南をしてもらおうと、海岸伝いに、泉州の佐野、嘉祥寺(かしょうじ)、加太(かだ)というところを通ったが、どこも漁師が暮らす浜辺である。このあたりは娘に限らず、女房まで客を取るという土地で、田舎のくせに都会の流行を真似(まね)、誰もが紫の綿帽子をかぶっている。

男が漁で留守にしているあいだ、やりたい放題をして、誰も咎(とが)めることがない。男が家にいる時は玄関に櫂(かい)を立て、目印にしているので、客と夫がうっかり鉢合わせするようなことはない。

夕暮れ時、淡島明神が女神だったことを思い出し、また海峡の景色を見ながら、

「行方も知らぬ恋の道」と自分より先に恋の哀愁を歌った人がいることを思い出した。漁師の女房や娘たちとの情事に明け暮れるうちに、「ここも案外、住み心地がいい」と日数を重ねることになった。恨みがましく訪ねてくる女が後を絶たなくなり、疚(やま)しい世之介は誰一人として顔を上げて応対できず、適当にあしらい、女たちに悲しい思いをさせた。この身一つを寄ってたかって恨み殺されてはどうしようもない。せめて憂さ晴らしにと、酒を勧め、思い出話をして慰め、積もる年月の苦労を忘れてもらおうと、小舟をたくさん並べて、沖合に漕(こ)ぎ出した。

　六月の末、折からの空は地元で丹波(たんば)太郎と呼ばれる入道雲が山を覆い、にわか夕立が降り始め、すぐに雷が臍(へそ)を狙って、落ちてきた。息つく間もなく突風と稲光が襲い、女たちを乗せた舟はどこの浜に流されたのか、行方知れずになってしまった。

　それでも世之介は波間に漂うこと四時間、吹飯(ふけい)の浦というところに打ち上げられた。しばらくのあいだ気を失い、貝みたいに砂に埋れていたところを、流木を拾う人に助けられた。生死の境をさまよったものの、鶴の一声を聞き、一命を取り留めた。

　泉州堺(さかい)の大道筋柳(だいどうすじやなぎ)の町に、勘当される前に自分の召使いをしていた若者の親がいた。頼ってゆくと、親たちは喜び、「ただいまもあなたの身を心配し、手分けして諸国を探し歩いていたのです。実はさる六日の夜、お父さまがお亡くなりになったそうです」と話すうちに、また京都から別の人が来て、「これはいいところでお逢いしました。お母さまの嘆きはいかばかりでしょう。とにかく、急いでお帰りなさい」と早駕籠に押し込まれた。

　昔の家に帰ってくると、誰もが世之介が無事というだけで涙にくれた。母親は、炒豆に花の咲いたような気がしたのか、「今はもう何を惜しむこともない」と、世之介に蔵という蔵の全ての鍵を渡した。そのとたん、長年、苦労して暮らしてきた世之介の身分は一転した。

「心のままにこのおカネを使いなさい」と母親は気を利かせ、五百億にも及ぼうかという莫大な遺産を、「譲り渡す所存」という遺言状の決まり文句も添えて、そっくりそのまま渡した。

――早くこのカネを太夫に貢ぎたい。日頃の願いも叶えられるぞ。気に入った女を請け出せるし、名高い女郎は一人残らず買い占めだ。

　そう八幡様に誓った世之介は太鼓持ちたちをかき集め、早速、豪遊を始め、大、大、大尽ともてはやされるようになった。

巻五目録

後には様をつけて呼ぶ

都をば花なき里になしにけり吉野は死出の山にうつして

そう歌に詠んだ人がいたが、吉野は死後もその名を忘れられない太夫、前代未聞の遊女だった。非の打ちどころがなく、情の深さでも日本一だった。

七条通りの駿河守金綱という刀鍛冶の弟子が、吉野を見初めて、人知れぬ恋に苦悶しながらも、夜ごと仕事に打ち込み、五十三日に五十三本を打ち出し、指名料の十万円を貯め、いつか巡ってくるその時を待ちわびていたが、取りつく島もなく、逢えない悲しみに袖を濡らす涙の雨に偽りはなかった。鍛冶屋の祭の日の夕暮れ時、こっそり島原に行き、「金があっても、身のほど知らずと相手にされないのが悔しい」と嘆いているのを、ある者が太夫の耳に入れると、不憫に思い、その男をそっと呼び入れ、思いのたけを語らせると、男は気後れして体を震わせ、取り乱し、薄汚れた顔から涙をこぼし、「この至福の瞬間を忘れることができましょうか？　長年の願いもこれで満たされました」と座を立ち去ろうとする。吉野はその袂を引き留めて、明かりを吹き消し、帯も解かずに抱き寄せ、「お望み通りに身を任せます」と下になって、身悶えた。その男は気ばかりが急(せ)いて、木綿の褌(ふんどし)を解こうとしながら、誰か来る気配に落ち着かない。吉野は男が起き上がろうとするのを引き留め、「することをしなければ、夜が明けても帰さないから。あなた、男でしょ。吉野の上に乗っておいて、何もせずに帰る気じゃないでしょうね」と脇の下をつねったり、股をさすったり、首筋を撫(な)でたり、弱腰をくすぐったりして、日暮れに枕を並べてから、午後十時の鐘が鳴る頃までかかって、どうやらこうやら事を済ませて、その上、盃(さかずき)まで交わして帰した。

揚屋から「身分違いの相手なんかして、勝手過ぎるぞ」と咎(とが)められると、「今日はわけ知りの世之介様のお座敷だから、何も隠すことはありません。皆様に御迷惑はおかけしませんから」といっているうちに夜も更けて、「介(すけ)さまのお越し」と声がした。

太夫が事の次第を話すと、「それこそ女郎の鑑(かがみ)じゃないか。オレは絶対見捨てないよ」とその夜、にわかに話をまとめ、吉野を身請けし、正妻に迎えることにした。

吉野は生まれつき、品がよく、世間の知恵も身につけ、その賢さは比類なかった。仏の宗旨も、旦那と同じ法華(ほっけ)宗に変え、煙草(たばこ)が嫌いと聞けば、きっぱりとやめ、万事において申し分がなかった。

しかし、遊女を妻としたことを親戚一同から「不道徳極まる」と見限られてしまい、吉野を大いに悲しませた。世之介を説得し、暇乞(いとまご)いをして、「私を別宅に置いて、折を見て通ってきてね」と妾に甘んじようとしたものの、世之介が首を縦に振らない。

――そういうことでしたら、御一門様との仲を私が取り持ってみましょうか？

吉野はそういうが、「坊さんや神主の仲裁にも耳を貸さない連中をどうやって」と世之介はいった。

――とりあえず、「吉野には暇を取らせて帰しますから、これまで通りのお付き合いを」と下手に出て、「つきましては庭の桜も満開なので、ご婦人方をお招きしたい」と手紙を出してください。

吉野のいう通りにすると、「そういうことなら別に恨みがあるわけではないので」とその日はそれぞれに乗り物に乗って、集まってきた。久しく見捨てられていた築山の座敷や大広間に一同が居並び、酒もほどよく回ったところで、吉野は浅黄色の木綿の着物に赤い前掛けをし、頭には手拭いをかぶり下女の装いをし、お盆に干し鮑の肴を乗せ、年寄りの前で三つ指をついた。

――私は三筋町におりました遊女で、吉野と申します。このようなお座敷に出るのはもったいなく存じますが、今日、お暇を頂戴し、里へ帰るお名残に。

そういって、太夫の時のように一曲披露すると、一同は口を開けて、聞き惚れた。琴も弾き、歌を詠み、しおらしくお茶を立て、花を活け替え、時計の分銅を調整し、お嬢さま方の髪を手入れしてやり、囲碁の相手を務め、笙を吹き、法話までし、家事の話題にも応じ、誰一人飽きさせない配慮をした。

台所に戻ると、誰もが吉野を呼び戻し、彼女一人のもてなしに途中で席を立つ人は一人もおらず、夜明け方になって、ようやく帰宅してから、それぞれが夫に口々にいった。

――なぜ世之介殿は吉野を帰してしまうんですか？　同じ女の私たちだって、話していると楽しくてしょうがないんですよ。優しくて、賢くて、誰の奥さんになっても恥ずかしくないし、一門三十五、六人と較べても、これほどの女性はいませんよ。皆さん、迎え入れてあげましょうよ。改めて、世之介殿の奥さんに推薦してはいかが？

そのように体よく取りなすと、祝儀を急ぎ、酒樽や重箱を重ね、島台を飾って、「相生の松風、世之介は百吉野は九十九まで」と祝言を挙げた。

願いのかき餅

――三井の古寺の鐘ではないが、使い捨てるカネはあるが、使う暇がないとかいって、大津の柴屋町遊郭を見ずじまいとはおかしな話だ。昔、長等山の山芋が鰻になったというが、もしそんな風変わりなことがあるなら、行って確かめてみようじゃないか。

世之介がいい出すと、「心得た」と太鼓持ちの勘六が応じ、三条通りの白川橋から大津への戻り駕籠に乗った。大津の宿屋町の八町に着くと、早速「お泊りはございませんか？」と客引きが現れた。

広くて綺麗な宿を取り、「さて女中諸君、今ここで人気なのは誰かな」と問えば、「石山の観音さま」という。「おいおい人を甘く見ちゃいけないよ。オレたち何しに来たと思ってるんだ？」といいながら、亭主をつかまえ、「遊郭の案内を頼む」というと、「やめておきなさい。一万円やそこらじゃ足りませんよ」と見くびられる。勘六が歯軋りをして腹を立て、「お忍びだから、お供も連れず、身なりも地味にしてるんじゃないか」と鼻息を荒くするので、世之介は笑い、「おまえに預けた金子を出して見せてやれ」とあおると、台所では大声を上げて、「今夜は女郎買いのお泊りだとよ」と勘六を指差して笑っているので、世之介も腹立ち紛れに表に出ると、「京都から派手な伊勢参りの団体が来るぞ」と門前で騒ぎ、祭行列を見るように浮かれていた。大坂の黒舟、伏見の漣浪、淀の樊噲という有名な馬を三頭揃え、七枚重ねの布団を白縮緬の紐で締め、馬にも唐糸の沓を履かせ、いずれも十二、三の娘たちを乗せ、四色に染め分けた大振袖を着せ、紅い裏地の菅笠に紅白の紐をつけ、ちょうど宿場に入り、流行(はや)りの小室節(こむろぶし)を歌い始めたところで、馬子は手綱を取った。

　三人の娘たちが馬上から世之介を見かけると、馬子に抱き下ろされ、「私達はお伊勢参りに行きますけど、あなた様はどうして、ここにいるんですか？」と訊(き)く。「女郎狂いの勘六の太鼓を持ちにきたが、頭が痛いので、ちょっと肩を叩(たた)いて」というと、一人は頭、一人は足、一人は腰をさすってくれた。すぐには宿に入らず、「是非、柴屋町を見せてください。帰ったら、太夫様に土産(みやげ)話をしますから、是非見物したいんです」といった。

――じゃあ連れてってあげるよ。

　世之介は三人を先に立て、南の門から遊郭に入ると、都に近いのに女郎の風俗も田舎(いなか)風に変わり、呼び込みの端女郎が大声で叫んでいる。道を歩くにも大股でせわしなく歩き、着物もだらしなく、帯ゆるく、化粧も派手で、いいのも悪いのも一様に三味線を握り、頭を揺らして野暮ったく歌っている。立ち寄る客は馬方、丸太舟の船頭、琵琶湖(びわこ)の漁師、相撲取り、寿司屋の息子、小問屋の若造たちで、恋も遠慮もなく、むやみに顔見知りの女郎と悪口の応酬をし、客同士鞘(さや)が当たったなどといいがかりをつけたりしている。突っ張った連中はそこいら中で喧嘩(けんか)をふっかけ、踏んだり、叩いたり、頭巾を取れだの、羽織が見えないだのとやたらに騒々しく、ざんばら髪で片肌脱いだりし、懐にはこん棒、手には十手で、この色町を喧嘩の場だと勘違いしている。命知らずの寄合いもいいところで、身分ある者が夜、出歩くところではない。

　その夜、娘たちの知り合いの揚屋に兵作、小太夫、虎之介など一流どころを集めて、面白く遊んで、翌日はお伊勢参りの小娘たちを見送る祝いの宴会と洒落込み、格子女郎を一人残らず昼夜買いし、酔いに紛れて、三人の娘たちに「道中は何でもお望み通りにしてあげるよ。遠慮しないでいってごらん」といった。

――太夫様のお世話になっておりますので、これ以上何も望むことはありません。でも三人が乗っている馬がバラバラに進むので、思い通りにおしゃべりができず退屈なんです。三人で一緒にお昼寝したり、かき餅を焼いたりできたら、どれだけ楽しいでしょう。

「そんなのお安い御用だ」と、世之介は即座に駕籠を二つ並べて、中の仕切りを外し、釘やかすがいで閉じ合わせ、中に火鉢を仕込み、角に棚を吊り、枕屏風、手拭い掛けまでしつらえ、選りすぐりの精鋭十二人に担がせたところ、まるで小さな家が動いているようだった。何事もやってみたもん勝ちだ。

欲の世の中にこれはまた

我が国における遊女の起源は、近江（おうみ）の朝妻（あさづま）、播磨（はりま）の室津（むろつ）から始まり、今では全国に広がっている。朝妻はいつの間にか寂（さび）れ果て、女は寂しくあばら家で縞布（しまぬの）を織り、男は網を引いて、その日暮らしをしている。室津は今でも西日本随一の港ゆえ、遊女も昔より増え、風情もさほど大坂と変わらないという。

ある日、隠居して金利暮らしをしている金左衛門を誘い、ふざけた似た者同士で、買切りの早舟を急がせ、夕暮れの空が赤くなる頃に恋の港室津に着き、ひとまず錨（いかり）を下ろした。折しも七月十四日の盆前夜だった。ここでは十三日を区切りに面倒な上半期の決算を済ませ、盆の支度をし、男は女中の小さな編笠（あみがさ）をかぶり、女は頭巾をかけ、刀を差して男装し、女郎を交えての盆踊りを催すというから、こちらも馬鹿になって、踊りの輪に加わらずにはいられない。

袖の香りに引き寄せられ、立花（たちばな）風呂、丁子（ちょうじ）風呂がある郭（くるわ）に向かい、広島風呂というのに上り、亭主の八兵衛に案内をさせて、丸屋、姫路屋、明石屋の三軒にいる八十人あまりの女郎の姿を見尽くし、その中から高級な天神と鹿恋（かこい）を七人選んで、誰にするか決めないまま酒を酌み交わした。主人にこっそりと、「七人の中に気になる女がいたら、そこに枕を決める」と世之介が囁くのを聞いて、女郎たちは気に入られようと思い思いにめかしこんだりするのが見ていて面白かった。酔い覚ましに千年川という香炉に厚割の香木を焚いて、きかせたが、何ら気を留めることもなく、おざなりに次に回すのはどうかと思う。

末席に、まだ振袖を着た若い女がいて、知ったかぶりもせず、上着をゆったりと脱いだところで覗いた襦袢の帷子に地蔵の紋所があるのが何かいわくありげに見えた。その女の前に香炉が回ってくると、しめやかにきき、小首を傾げ、二、三度香炉を見返し、「そういえば……」といって、上品に下に置いた。世之介はその言葉を聞いて「この香木は何だと思う」と問うと、「諸葛でしょう」と答えた。「何だ立派な香ききじゃないか」と感心して、世之介が懐に手を入れ、また別の香を取り出そうとするのを制し、「いいえ、わたくしなんかにきき分けられません。でも、もしかして、その香木は江戸の吉原の若山太夫さま所縁のものではないですか?」というので、「いかにも若山から思い出にもらったものだけど」と答えると、こういった。

――そうだと思いました。私がいいかけてやめたのは、備後福山のあるお方と枕をともにいたしました時、「江戸で若山さまにもらった香包だ」といって袖に焚きつけておられたので、いつになく嬉しく、思い出の香だけに今もよく懐しんでいます。

世之介は感極まり、「縁というのは不思議なものだね。その備後の衆の十分の一でも可愛がってもらいたいな」と甘えると、亭主は気を利かせ、床を取り、蚊帳を吊った。「どうぞ」とうながされるまま、「一緒にいい夢見ようか」と中に入った。暑さに汗ばんだのを気にしていると、秋まで生き残っていた蛍をたくさん紙に包んで、世話係に持たせ、蚊帳の中に飛ばし、水草を入れた花桶も置いて、気分だけでも涼しげにして、「こんな田舎の風流ですけど」と口ずさみながら、床に入ってきた。寝かかる姿が色っぽく、おおいにそそられた。いざ事に及ぶと、実に巧みな身のこなしを見せた。

しかも、わざとらしさは微塵もなく、さもしいこともいわないので、可愛さのあまり、「人の欲しがるものをあげちゃうよ」と財布にある分全部、百二十万円ばかり包んで袖に投げ入れてやったが、触れようともしない。夜が明け、別れ際に、門口に旅の修行僧が現れ、「お布施を頂戴したい」というと、彼女は袖の中のカネをそっくりそのまま渡した。修行者は何も気に留めずに受け取ったが、しばらくしてから戻ってきて、「これは思いもよらない大金で、私はわずかなお恵みを乞うただけです。これはさっきの女郎にお返しします」とそのまま返していった。元々どういう素性の人間だったのか？　世之介はこの女の心意気に驚き、様子を訊けば、有名な武家の娘というではないか。すぐに請け出して、丹波の実家に戻してやったが、その後の行方(ゆくえ)は知らない。

命捨てての光り物

「若衆遊びはけっこうはまるぜ」と遊び仲間にそそのかされ、世之介は東山の霊山(りょうぜん)の遊び寺に出かけた。稽古能が終わり、人が帰った後は、夕暮れの松風の音と生麩(なまふ)を揚げる音ばかりでひっそりとしている。「精進料理じゃ酒も進まない。男にするか女にするかここが思案のしどころだ。さあ何して遊ぶ」と誰かがいうと、「今日は趣を変え、玉川、伊藤、その他四、五人に来てもらおう」と宮川町に迎えの早駕籠を出すと、瞬く間に若衆が参上してきた。男前が勢揃いするのを見たら、いやとはいえない。ある人がこんなたとえをした。

——野郎遊びは、散りかかる花の下に狼(おおかみ)が寝ているようなものだし、女郎に馴染(なじ)むのは、月が消えかかっているのに提灯(ちょうちん)の火がないようなものだ。

まさに名言で男色の道は迷いどころというわけだった。

夜通し寝ずに、いい年こいて枕お手玉、ベーゴマ回し、扇引き、数当て遊びにかまけ、少年相手におのずと童心に帰って騒ぎ、汗びっしょりになったところで、南側の縁に出て、風に当たっていると、折から五月の空は暗く、高い塀際に榎の木の茂みに光る玉がいくつも見えた。みんな驚き、台所や和尚の部屋に駆け込み、気を失ったり、転んだりしていた。中には男一匹といわれる力自慢が一人いて、そこにあった半弓に鳥の舌の形の矢をつがえ、縁側から飛び降りようとするのを滝井山三郎という若衆が引き留め、「たとえ何者だろうと、そこまですることはない。しばらく様子を見よう。生け捕りにできるかもしれない」と遠く離れた木陰に行って、見てみれば、星の林みたいに光るものがあり、また一塊の真っ黒な物がうごめいていた。

山三郎が心を鎮めて、「怪しい奴、何者だ」とコトバをかけると、「何がどうあっても、恨みます。いっそ矢に射抜かれて、一思いに死んだ方がましです。お情けで思いとどまられたところで、いっそう思いは胸に迫り、骨が砕け、もう、肉が火あぶりにされているような気分ですう」と流す涙が山三郎の袖にかかると、湯玉のように熱かった。

――いったい誰に恋い焦がれているのかな？

――それを聞かれるとさらに切なくなっちゃう。毎日芝居で、お顔を拝み、楽屋帰りの後をつけ、お宿の門に佇んで、その声を聞いて、何度気を失ったことか。今日は東山で集まりがあると草履取りが話しているのを聞きつけ、もう一度お顔を拝んでから、首をくって死のうと思い、この梢に上ったところ、お目にかかるばかりか、コトバを交わすこともできたのですから、もう思い残すことはありません。不憫に思ってくれるなら、死後に念仏のひとつでも唱えてくださいよ。

そういって、水晶の数珠を投げ捨てた。

——そういわれて、思い当たることがある。私も心にかかることがあったから、怪しむ人を制して、問い質してみたのだ。一念が通うというのは嬉しいことだ。あなたの志をこのまま捨て置くわけにはいかない。お望み通りにしましょう。夜の明けるのを待って、明日は必ず我が家においでください。

しかし山三郎がとりなそうとするのを人々は聞き入れず、一同は松明を灯し、大勢で取り囲み、乱暴に木から引きずりおろした。その顔を見れば、みすぼらしいこの寺の坊主だった。

世之介が「男色道の鑑じゃないか」と二人の仲を取り持ち、自由に会えるようにしてやった。後に相思相愛を自慢して、自宅に入り浸り、誓約書まで交わしたのに、まだ疑い、山三郎の左腕に「慶一大事」と入墨までさせたのは、その坊主が慶順という名前だからだった。このことは後に江戸で世之介が役者たちと同席して、思い出話をした時、「何を隠そう」と今は亡き山三郎の身の上を嘆きながら語ったことなので、実話である。

一日かして何ほどの物か

明けても暮れても山ばかり眺めて、海を知らない京都の太鼓持ちを連れ出し、堺の浦の桜鯛を地引き網で引かせて、ぴちぴちしているのを見せてやろうと、住吉神社を過ぎ、堺の北の端に出れば、そこはもう高洲の色町である。中の丁を通り過ぎ、袋町の揚屋に上がった。あれこれ女を集めて、見立てるまでもない。一行の頭数だけ呼んでも、大した額にもなるまいに、天神だの小天神だのと世知辛く位づけをして、指名料で稼ごうとしている。

二階座敷で相方を決め、酒が下座にまで回らないうちに、「葛城さーん、ちょっと」と呼ばれ、女郎はすぐに席を立ったかと思うと、また女中が来て、「高崎さーん」と呼び出す。座では女郎がめまぐるしく入れ替り、立ち替り、二時間のうちにそれぞれの女郎を七度、八度と呼びにきた。

——大した繁盛ぶりじゃないか。馴染みの客が相当いるな。

そういって、下を覗けば、客の声はせず、腕枕をして寝そべり、煎茶をがぶ飲みし、あくびをしてはまた二階に上がり、また下りては浄瑠璃本など読みくさり、別に用があるわけでもないのに一座を白けさせていた。これがここのしきたりだというのだから恐れ入る。たびたびほかの客から声が掛かったように座を抜けて、繁盛していると見せかけるとは勘違いも甚だしい。

万事せせこましくて、まるで一晩中、淀川下りの手狭な乗合い船に詰め込まれている気分だった。せめてゆっくり寝ようと足を伸ばせば、布団が短くて足が冷えてくる始末で、「なあなあ世之介さん、旅の悲しさをよくご存じだろう。京の女郎様が気に入るような遊びをしようぜ」と太鼓持ちの一人がいった。

——いやあ、もっともだ。この浦で舐めた辛酸を、思い出話にでもするしかないな。寝覚めに風邪をひきたくないので、女の肌には触れず、帯をしたまま寝ているぜ。

枕を並べた仲間も同様で一人は硯を引き寄せ、家の図面など書いている。また一人はぼーっとしているよりはと、寝転んで、編笠の緒をこしらえている。別の一人は象牙の印籠からもぐさを取り出し、膝下のツボにお灸を据え、しかめ面をしている。女郎は女郎で客に構わず一塊になって、夜更けまであや取りをしたり、腕相撲をしたりしながら、時々、ウトウトしている始末。そうやって夜明けを待つ様子は御祈願のお籠りさながらだった。

ここの遊びなんてつまんねえよ、というような口を利く若者たちは、大坂の新町に馴染みを作るか、小遣いを貯め、島原で一気に散財するというが、その気持ちはよくわかる。女遊びのしみったれたのと、下手(へた)な奴に月代(さかやき)を剃(そ)らせるほどいやなものはない。

薄汚い女郎を買うのも、切り売り女にいい着物を着せてやるのも同じようなものだという人がいるが、そういうのを「十円惜しみの風流知らず」というのだ。一度でいいから、太夫の寝姿を見てみろ。色あせた紅裏(もみうら)、しみのついた腰巻などつけず、汚れた枕も使わない。同じ遊女でも大きな違いがあるものだ。田舎の人が時たまする遊びならともかく、行きつけの店を持ち、大尽といわれるほどの人は、どんな奴の寝息がかかったとも知れない布団に肌が触れるのを嫌うことくらい気づけよ、といいたい。

ある人が京都の揚屋丸屋の七左衛門方に、紋所付きの梨子地(なしじ)の塗長持(ぬりながもち)に四季の寝具を用意して、枕箱、煙草盆、それ以外の手まわりの品、水飲みまで専用のものを用意して持ち込んでいたらしいが、それは贅沢(ぜいたく)というのとは違う。

――なんたって大事な体なんだから、世之介様もこれくらいのことをしても罰は当たるまい。

太鼓持ちがそういうと、「なるほど、変な病気持ちの客がついた翌日に、その太夫に逢われたお公家さんもそこまでは確かめなかった。都に帰ったら、オレに考えがある」といい、長櫃をいくつも作らせ、遊女に逢う時に必要な諸道具を残らず入れて、行く先々に持って行くようになった。

当流の男を見分けられず

太宰府天満宮の飛梅みたいに、世之介は博多の花街柳町を見に出かけた。ここには昔、博多小女郎といって、男勝りの豪傑女郎がいた。博多港でオランダ人が人殺しの大暴れをしたのを取り押さえたとか。それ以来、遊郭の夜の通行が制限され、昼でも門を閉ざして、客を一人ずつくぐり戸から出入りさせ、とりわけサムライは厳しく取り調べられる。いずれにせよ、そんな物々しさでは遊ぶ気も失せるだろう。

季節は六月の初旬、心地よい船旅の末、安芸の宮島に到着した。市が立っているというので、近郊在住の人が集まっていた。厳島神社の千畳敷の大広間に寝泊りしている地元の小娘をそそのかしたり、旅芸人の若衆に気を取られたりしながら、遊女との交渉は昼夜の別もなく、よそでは見られない賑わいだった。色町の茶屋といっても、薄っぺらで、奥まで見通せて、女郎は浴衣染の帷子から安手の赤い腰巻をわざと見せたりしている。

その素人くささったらない。ようやく最近、岡崎女郎衆という古くさい歌を覚えたばかりらしく、三味線の撥音が耳障りだ。「しんきしのだけかけてはすだれ」と土地の流行り歌を聞いて笑いながら、様子を見て、宿を決めると、「誰でも構わん。男を投げ飛ばすくらい勢いのある女郎を呼べ」というと、太鼓持ち二人と、それらしき女郎三人が現れた。薄柿色の裏付き着物に、太織の藍染羽織、やけに大きな紋に鎌と輪と「ぬ」の字をつけたうるさい出で立ちに、世之介は、連れの金左衛門、勘六と「こりゃひどいね」と笑った。女郎も笑い転げ、盃も差さない。仲間内の合言葉で世之介をからかっていると、そこに山住いの人が手籠に林檎を入れて、売りにきた。「それ買えよ」と腰に着けた小銭を投げると、女たちはさらに図に乗り、「昨夜もそうやって女を買ったんでしょ」とこれにかこつけて笑った。

仔細ぶった女をつかまえ、世之介が「さて、オレたちは何者でしょう？」と訊ねると、「人間に見える」といった。「それは古い。どんな商売をしているか？」と訊くと、「贔屓目に見ても、皆さん、畳の上で育った人でしょう。たぶん。こちらは筆屋さん。

あなたは張箱屋さん、で、そちらは組帯屋さんってところかな」と思案顔でいった。

——おやおや、お見事。二人は当たりで、そこにいる奴だけ、組帯屋じゃない。

世之介が驚いた顔をすると、女たちはさらに図に乗り、ああでもないこうでもないとしゃべり散らした。

——いいかい、人の身分というのは、たとえどんな着物を着ていたって、腰に差している物や、手足を見れば、わかるもんだ。ここにオレが連れているのは、堀川の勝之丞といって、広い京都でも並ぶ者のいない男前の小草履取り、誰の目も惹く下男だぞ。これほどの男を連れている者を軽く見るのは気が利かないからだ。一緒に床に入ったところでつまらないのは目に見えている。人形でも回して遊んだ方がましだ。

そういうと、衣装箱から折りたたみ式の舞台を出して、組み立てた。上幕、面隠し、下幕もついた、百五十センチにも満たない中に金銀をちりばめた絢爛豪華な舞台で、六段浄瑠璃の筋書きに沿って操り人形を動かし始めた。

——それにしても、女房役は江戸風の身なりだね。

——世之介さん、それは吉原のあの太夫様に生き写しじゃないか。

そんな声が飛ぶと、世之介は「おっ、いいところを見ているね」といった。

——実は太夫に似せて作らせたんだよ。こんな話知ってるか？

この太夫の元にさる大名がお忍びで逢いに来た時、お供の二人にも同じ出で立ちをさせ、市左衛門の座敷で亭主が「この中でこれはと思う殿方に盃を」といったところ、少しもうろたえずに、「神の身でもないのに、見通せませんよ」といって、勝手に立ち、お付きの小娘に耳打ちして手飼いの鶯を放させ、庭で「ほらほら」と声を上げた。三人いっせいに「何だ」と障子を開けて、出てくる様子をその目でしっかり観察しておき、後でしっかり御大名本人に盃を差し出した。その機転の利いた振る舞いに感心して、どうしてわかったのか訊ねてみると、「お三方とも桑染の木綿の足袋を履いておいででしたが、一人だけ鼻緒擦れの跡がない方がいらっしゃいました。いつも駕籠に乗り、地面を歩かない方こそ御大名に間違いないと思った次第でございます」といった。

今ここへ尻から出物

まだ知らない遊郭もあるが、都から離れた田舎の女郎がつまらないのに懲り、世之介は追い風を幸いに大坂に戻った。懐かしい淀川の澪標も近づき、舟は三軒屋に着いた。昔はここにも遊女がいて、「淡路に通う鹿のまき筆」と歌にも詠まれたが、それも遠い昔の夢と消えた。

葦の上葉に秋風が訪れる頃舟遊びの季節で、誰に憚ることもなく、笛や太鼓を鳴らして、天下の町人が思う存分、屋形舟で贅を尽くして大騒ぎしている。その舟には美貌で知られる外山千之介、小嶋妻之丞、同梅之介ら役者衆を乗せ、別の舟にも松嶋半弥、坂田小伝次、嶋川香之介ら若衆たちが、夕陽と朱色を競っている盃で、酒を酌み交わしながら騒ぐのは心地よかった。対岸には松本常左衛門、鶴川染之丞、山本勘太郎、岡田吉十郎らが、竿を差し出し、ハゼを釣るのもなかなか風情があった。笹葺屋根の風呂船、鯛や鱸を放した生簀舟を伴走させ、昼は落書きしたり、扇流しの遊びをし、夜になると、花火が映え、天まで酔っているようだった。

――いやいや、この舟遊びも京都の山遊びに勝るな。天子様にもお見せしたい。衛士の焚く火に薄鍋かけて作った、あっさりとした水雑炊のうまさは下戸にはわかるまい。あっちもいける口だから、大坂逗留中に一日くらいは野郎遊びもいいもんだ。それにしても、今日は気分がいいや。

そんな話を聞きつけ、「世之介じゃないか」と声を掛けてくる人がいて、「誰だい」と問うと、「島原の小倉に可愛がられてる男だよ」という。

――どうした？　その後は京都に来ないな。

——積もる話もあるから、こっちの舟へ来いよ。

世之介が誘われるまま、気軽に舟を移ると、親しい連中ばかりで、見慣れた太夫の紋付きの小盃でふざけながら飲んでいるうちに、船が四つ橋に着くと、「上がれ」という。

——また悪い場所へ行くのか？

——さっと冷やかして帰ろう。ここの夜の眺めは吉野の夜桜みたいなものだ。

そういって、遊郭の東口から入り、九軒町の吉田屋に行くと、台所に年配の男で紅い裏地付きの白い縮緬の広袖を着た奴が女たちを横柄に呼びつけていた。女将のおなるに「何者だ」と訊くと、「うちの亭主ですよ」という。

——この二、三年、家に遊びに来ていて、亭主を知らないというのも珍しい。何事もおなるが利発で、気配りができるからだろう。まあ、今夜のところは目と鼻さえついていれば、どんな女郎でも我慢する。

そういって、売れ残りのありったけの女を呼んだ。

世之介だけは今までにない注文をつけ、以前から目をつけていたと、ある天神を指名した。

二階大広間に上がると、南の空から月明かりが差し込んでくる様子も昔のままだった。加賀の三郎（さぶ）という大尽が通っていた市橋（いちはし）太夫の定宿で、かつての金箔（きんぱく）張りの間も安っぽい紙張りに替わっていた。

――よく覚えているぞ。四尺の長机に書院硯、筆掛、香箱、様々な外国製の道具が並んでいて、置きっ放しにして帰っても、誰一人それに手をつけるものはいなかった。今では木枕だけでは足らず、煙草盆の煙草まで掠（かす）める奴がいる。おや、煙管（きせる）がないが、さてはお付きの女ががめたな。

そんな面白くもない話をしているうちに、城春（じょうはる）という座頭が三味線新調の奉加帳を回しながらやってきた。「心得た。小判の出しついでに何かねだるものはないか」とか、「女郎衆はまだか。顔を見たら、座る前に帰してやるのに」などと軽口を叩いているところに、世之介の馴染みの女郎も参上した。どこで飲んできたのか、かなり酒が回っているようで、布団を敷いてやると、「たまには寝てみようかな」と世之介は帯も解かずに、鼾（いびき）をかいて一眠りしてから、おざなりな交わりをしていると、「お立ち」と庭から呼び立ての声がした。

世之介が「帰るぞ」と起き出すと、女郎はまだ酔いが覚めないらしく、寝たままで別れの挨拶もしない。世之介は目覚ましに煙管をくわえ、行燈（あんどん）の灯で続けざまに七、八服していると、女郎が布団の下から尻をつき出す。おやと思っていると、あたりに響くほどの屁を二回もこいたので、焼けた煙管の火皿で押さえつけてやった。わざとやったとあれば、ひどい女だ。しかし、うっかり出る屁は御釈迦さまでもこきなさる。

巻六目録

食べかけの蜜柑を袖に入れる

三笠(みかさ)は情が深く、品よく悠然と構え、太夫(たゆう)になるために生まれてきたような女だ。着こなし上手で、揚屋へ向かう道中姿も一風変わっていて、やや浮世離れしているので、自信のない男は気後れする。だが、馴染(なじ)みになれば、いいところだらけで、座は賑(にぎ)やかに、床(とこ)はしめやかに、男に鮮やかな印象を残し、どんな客も別れたその瞬間から再会の日が待ち遠しくてたまらなくなる。客の供の者や駕籠(かご)かきにも気を配り、嵐の夜などはこっそりと手配して、酒を飲ませてやる。そんなちょっとした気遣いで下々の心もつかむ。引き立て役の女郎にも気をかけ、大抵のことは見過ごしてやるが、宿の男とわけありの交わりをしたりすると、のちのち悪評が立つからとそっと諭してやる。遣(や)り手婆(てばば)の欲絡みの計算には耳を貸さず、金銭には一切手を触れない。お付きの小娘が居眠りしても叱らず、「かわいそうに。夜遅くまで雑用ばかりさせられているからね」とうまく取りなしてやる。誰からも慕われ、「太夫さまのためならば」と常々、みんなに思わせておいて、こっそりと世之介と逢瀬(おうせ)を重ねていた。

世之介は揚屋の権左衛門方で三笠に初めて会って以来、何事も命ある限りと申し合わせて、どことは場所を決めずに逢瀬を重ねていた。最初の内は面白く、中程は味わい深く、後には何かと都合が悪くなり、揚屋からは前々からの請求書を出されるし、三笠の親方からは邪魔をされる。心中するなら今だとも追い詰められたが、太夫の真心に打たれて、死ぬに死ねず、自由に逢(あ)えない以上は人目を忍んで郭(くるわ)に行き、今さっきここを太夫が通ったと聞くとその道筋を行きつ戻りつし、「もしもこんな暗闇に鬼が落とした小判でもあれば、加賀殿の名裁き一つで自分のものになるのにな」などと欲に駆られ、そんな都合のいいことを願いながら、三笠の面影を追いかけ回していた。

　いつもの時刻に、太夫がお忍びで現れると、こう囁(ささや)いた。

――今夜は中立売通(なかだちうりどお)りの竹屋の七(しち)様のお座敷で、紀州の吉(きち)じょという人に初めてお相手しましたが、好きになれません。いやらしくあなたとの仲を詮索され、早く縁を切れといわれ、悲しかった。そんなことといわれて、こんないい男を見限れるものですか。

　太夫は世之介の左の袖口から手を差し入れ、脇腹を軽くつねりながら、涙ぐみ、五月雨(さみだれ)のこの時期には珍しい蜜柑(みかん)をひとつ取り出し、食べかけだけどと、手ずから渡して、「あなた、覚えてる? 去年の秋、私の黒髪を抜いて、蜜柑のふくろをそれでくくって猿を作って遊んだ夜は、誰にも気兼ねせずに騒いだわね。按摩(あんま)の休斎(きゅうさい)が二階から転がり落ちたっけ」と早口で話しているうちに、「太夫さまはどこですか?」と探し回る声が聞こえてきた。太夫は悲しげに「あすの夜は人の顔が見える明るいうちから来てもいいからね」と泣きながら別れると、よそから「大門を閉めるぞ」という声が聞こえた。

世之介は主人（あるじ）持ちや事情があって泊れない人が帰る混雑に紛れ、遊郭を出て行ったが、出口の茶屋の行燈（あんどん）の明かりが邪魔で、顔をそむけて通り過ぎた。昔は出口まで見送られたことを思い出し、悔しさを抱えて、先斗町（ぽんとちょう）の小宿に淋（さび）しく帰った。

そのうち二人の仲は隠しようもなくなり、親方は太夫を折檻（せっかん）したが、それでも二人の仲を裂くことはできなかった。惨（むご）く当たれば、なおさらに太夫はいうことを聞かず、仕方なく下女に格下げして、木綿の薄い綿を抜いて仕立て直した着物を着せ、味噌濾（みそこ）しを持たせ、おからを買いにやらせても、好きな人のためと思い、恥とも思わなかった。その年の雪見月、初雪が積もった日、親方は怒り心頭に発し、太夫を丸裸にして、広い庭の柳にくくりつけ、「これでもまだ世之介と逢うのをやめないか」と責め立てたが、三笠は決して「逢わない」とはいわなかった。

死ぬ覚悟をして、一週間も食を断ったが、ある日、涙をこぼしているのを妹分の女郎が見て、「見ているこちらが辛（つら）いです」というと、「我が身のなりゆきを嘆く涙じゃないの。これほど私が思っていることを、よもやあの方は知らないのではと思い、ついつい」というのを、香油売りの太右衛門が耳にして、悲しんだ。三笠はこの男が日頃、世之介の家にも出入りしていることに思い至り、「この縄を解いておくれ。私が悪うございました」と縄を解かせ、白綸子の腰巻を引き裂き、右の小指を食いちぎり、その血で心のままを書きつけ、「お願いね」と太右衛門に渡し、また元の通りに縄にかかった。

今日を最後にまさに舌を噛み切ろうとしているところに、手紙を読んだ世之介が死に装束で駆け込んできた。人々が集まり、二人を宥め、道理を説き、円満に仲裁したので、その後、太夫は世之介のものになった。その心意気に誰もが感服し、大坂屋の奴三笠の名前は後世まで語り継がれることとなった。

身を火にくべられても

大坂の生玉神社の御池の蓮の葉は毎年七月十一日に刈ることになっている。汀に小舟を浮かべ、鎌の刃音に驚いて騒ぐ鯉、鮒、すっぽん、鳰鳥を追い回し、殺生の罪も神前にいることも忘れて、楽しんでいる。

その日は越後町扇屋の主人が秋の寝覚めにきび餅や酒を持って、遊び仲間の住吉屋の何とか、吉田屋の誰か、の平とかいう男、道化役者佐渡嶋伝八に、世之介も交じって、池の東南の出島に出揃い、「松の木陰は時雨の雨か、濡れかかる、ソレ、濡れかかる」と拍子を合わせて流行り歌を歌った。拍子も人もよく揃っていた。

今をときめく五人の伊達男たちが手練手管の集大成である手紙の数々を懐から出し合ってみせた。こちらから出した手紙の返事などない。全て女郎の方から愛する男に思いのたけを綴った手紙ばかりで、浮世暮らしの身でも男に惚れるのはよほど嬉しいものなのだろう。色道の達人が揃ったのを幸いに、何一つ包み隠さず、贔屓なしに今流行りの太夫の品定めをして、夕暮れまでの慰みにしようということになった。

先ずは背山太夫。じきに引退とは名残惜しい。小柄なところが玉に瑕だが、顔は美しく気品あふれ、気立てもよい。大橋太夫は背も高く美しく、眼差しが涼しげだが、口つきがやや下品で、店に出る道中の仕草に難がある。お座敷での様子はといえば、和歌を詠まない小野小町というべきか、綺麗なだけで頼りなく、何事もお付きのしゅんが知恵を貸している。お琴太夫はふてぶてしく、いやらしいところがあるが、それを好む人もいる。万事抜け目なく、欲が深くて、首筋にできものがあるのが難だが、座のさばき方は完璧で、あらが見つからず、太夫の風格はしっかり兼ね備えている。朝妻太夫は立ち姿がすらりとしていて、腰つきに色気がある。横顔が美しく、鼻筋も通っているが、気の毒なのは鼻の穴が真っ黒で、煤払いの手伝いさながらである。しかし、上品でお高くとまり、少しつっけんどんに見える時がある。いずれも欠点はあるものの、太夫にふさわしい女たちだ。

一日から晦日まで休みなく勤め、商売繁盛の福の神にして、また類ない女郎の鑑というべき女がいる。姿はじっくり見るまでもなく、髪は結うまでもなく、とにかく美しい。素顔も素足も申し分なく、手足の指はふっくらと細く、佇まいはしとやかで肉づきもよく、眼差しは利発そうで、物腰は柔らかく、雪のように白い肌で、しかも床上手の色好みで、男を夢中にさせ、酒も強く、歌も上手で、琴や三味線の腕も確か、座のこなし方もうまく、文章を書かせれば、格調高く、人に物をねだらず、物をやる時は気前よく、しかも情が深くて、恋の駆け引きは名人級。

それは一体誰のことかといえば、五人はいっせいに「日本広しといえども、夕霧以外には見当たらない。絶対、彼女だろう」と口を揃えて称賛した。めいめいがその情けに与った時の話をすれば、命を投げうつほど思い詰めた客には冷静に道理を説いて、距離を置き、自分との仲が公然となれば、説得して、通うのをやめさせ、思い上がった客には義理を説いて突き放し、体面を気にする人には世間がどう見るか意見をいい、女房のある男には女の恨みは怖いことを納得させ、相手が魚屋の長兵衛でも手を握らせ、八百屋の五郎八にも喜ぶコトバをかけてやり、この女郎の決して人を見捨てない真心に思いを馳せるうちに、最初は声高に話していたが、いつになく静かになり、誰もが涙をこぼさずにはいられなかった。人を笑わせ、笑われるのを本業とする伝八もこの太夫に熱を上げている。

これを聞きつけた世之介はいてもたってもいられなくなり、仮病を使い、人より先に帰り、思いのたけを手紙に綴り、伝手を辿って、夕霧太夫に届けさせた。そして、雨の夜も、風の夜も、雪の道をも踏み分けて、この恋が叶うまでと思い詰め、足繁く通ううちに、太夫もその心を汲み、その年の十二月二十五日、世間が騒々しい折、ようやく「今夜いらして」との秘密の通知が来た。

夕霧がいる揚屋にいつもより早く出かけ、待っていてくれたのが嬉しく、座敷係の女と示し合わせ、小座敷に入って心ゆくまで語り合った。不意に何を思ったか、炬燵の火を消させた。折から冷え込んだ夜なのになぜだろうと不思議に思いながらも、他愛もなく睦み合っているところに、その日の客の「権七様がお見えです」という声が部屋に伝わってきた。

夕霧は少しも慌てず、世之介を炬燵の下に隠した。炬燵の火を消させた機転に感心し、その心遣いがありがたく、ここで焼け死んでも本望だと思った。やがて、客の男の不審を誘うように、何ということもない手紙を持って台所に向かおうとするのを、案の定、男がいらだって後を追いかけた。「見せろ」、「見せない」とやり合う隙に、世之介は裏に逃げた。思わぬところに恋の抜け道が開けたという次第。

心中箱

涼しい風を待つ夕暮れ、世之介が四条河原の涼み床を見渡していると、柳の馬場の長七が煙草盆と大うちわを持って、誰か探している様子だった。「おい、阿呆、みっともないぞ。誰を待ち伏せしてるんだ」と訊ねれば、何もいわずに笑い、指差す方に、長七の女房がめかしこみ、バイトの腰元や下女を連れ、自らも下男になって、女房に仕えている。これは一体何事かと問い質してみると、こんなことをいう。

――日頃、飯の支度や水汲みをするのも、亭主のオレへの思いやりで、毎夜、帰りは遅いけれども、一度だって戸を叩かせたことはないんです。「今夜はお早いお帰りで、ご機嫌はいかがですか、お仕事は順調ですか？」と内外ともによく気配りしてくれる可愛さに、せめて今日一日くらいはと、世間の奥方並みによそ行きを着せて、出かけてみました。暮れたら、あの姿のまま横に寝かせて、この世に暮らす楽しみを味わわせてやろうと思います。普段は独り寝の恨み言を一切口にしませんが、心の底では太鼓持ちの女房にだけはなるものじゃないと思っているでしょう。

長七がおだてるのももっともで、この女は元は島原の太夫藤浪(ふじなみ)についていた春(はる)という遣り手だった。

——互いに惚れ合って一緒になった仲だよな。春が貯めていたカネで暮らしてるんじゃないか？

世之介がそういうと、長七は苦い顔して、「そんなものは使ってしまいましたよ。まだ子どもがいないだけましですよ」と身震いして、世渡りの辛さをぼやく。

世之介が「これからすぐに家で夜通し昔話をしたいな。聞かせたいこともあるし」と夫婦を連れて、人気のない奥座敷に入ると、いい匂いが漂っている。「やけに油臭いけど、なんだろう」と夫婦が鼻をつき合わせていると、「今日は秘伝の品を土用干ししているんだ」といった。

小さな客間に箱がひとつある。上書きに「御心中箱　承応(じょうおう)二年以来」とあり、中には女郎や若衆らが書いた誓約書が入っていて、大半は血でしたためてあった。床柱から琴の糸を張り、女に切らせた黒髪がかけてあり、八十三までは名札を確かめたが、それ以上は数えきれなかった。右の方の違い棚の下には肉がついた爪が無数に置いてあり、ほかにも袱紗(ふくさ)に包まれたものが山とあり、これも何かいわくつきなのだろう。このありさまは請願成就の釣鐘鋳造の寄進を集めた場か、本尊御開帳の時に信者に引かせる善の綱さながらだった。

　次の間を見れば、落書きをした緋無垢(ひむく)、血染めの白無垢、逢瀬の朝の名残惜しさを綿々と書きつけた着物、紫の地に十六武蔵模様を染めた着物は花崎太夫の形見に違いない。紋付の三味線、腰巻の布を上下、帯を中縁にして表具にした美人画の掛け軸も数限りない。

「これほどまでに多くの女に切ない思いをさせた以上、その執念からは逃れられないだろう」と長七がいうそばから、床の間に置かれた女の髪が四方へさばけ、伸びたり縮んだり、二度三度と跳ね、生きていて、口も利きそうだった。

　身の毛もよだつ恐ろしさに、「これは何です」と訊ねると、世之介はいう。

――これは春にも覚えがあるだろう。何かと事情があって、藤浪に切らせた髪と爪だ。とりわけ忘れがたいものだから、こうして置く場所にまで気を遣い、仮にもおろそかにはしていない。ある時は夢、ある時は幻、またある時ははっきりとこの目に見えて、今世話になっている男との首尾を語ったりするもんだから、いつも逢っているような気がする。人には話せないこともあり、ことに前夜の別れ際に、織り出したばかりの縞模様の縮緬を「これを羽織に仕立ててあなたに着せたら、うっとりするほどよく似合うでしょうね」といって、置いて帰った。夢だったとしても、ここにその品があるから不思議だ。この話をしたくて、寄れといったんだ。

春も長七も驚き、「まったく、藤浪さまはどうしたことか、あなた様には身を捨て、命も惜しまない様子で、それを知らない人は京都にはいませんでした」といい置いて、春はそのまま藤浪太夫を見舞うと、「あの縮緬の一巻がないわ」と探している最中だった。春が先ほどのことを藤浪に話すと、太夫は涙を流し、「世之介様にどうにかして、これをと思う心が通じたか。寝ても、覚めても忘れられないのだから、この先、生き永らえても、誰かに囲われながら暮らすことはもうできない」と自分から髪を切り、出家したいから、と夫に暇を乞い、浮世を見限り、尼寺に駆け込み、仏の道に入った。女郎一代の誉れは、数え尽くせないほどだ。

寝覚めの菜好み

新町の京屋仁左衛門自慢の庭の松も枝が折れ、少しばかり惜しい気がした大雪の夜、寒風が飲ませた酒が回り、その酔い心地のうちにさあこれから枕を借りて、一寝入りしようと、世之介は布団に潜り込むが早いか、同じ寝相で相方の御舟と仲良く鼾をかき始めた。

合い床で寝ている新屋の金太夫は槌屋の万作に聞かれて笑われていることにも気づかず、客と気持ちよく交わっていると、御舟は額に皺を寄せ、目を見開き、声を荒らげ、「弓矢八幡、大事なのは今です、七左さま逃がしませんよ」と世之介の左の肩口に噛みつき、歯軋りしながら、雨のように涙をこぼすので、何事かと驚き、「オレは世之介だぞ」と声を掛けると、御舟は夢から覚めたか、こんなことをいった。

——ごめんなさい、許してね。私が立てた浮名は隠しようもないけど、島原の愛人丸屋七左衛門さんが夢に出てきて、「世間体もあるから、おまえとの関係もこれっきりにしたい」なんていうもんですから、あまりの悲しさに寝言までいって、ああ、恥ずかしい。

と喉でも切りそうな勢いでそういうので、宥めてやり、そこまで思い詰めるほど深い仲になったのだから、相応の苦労もあったのだろうと、話を聞いてやると、なかなかお目にかかれない立派な女だとわかった。

床を離れる風情もしとやかで、酒もほどよくたしなみ、よその店からお呼びがかかっても聞き流し、客に心残りがないように腰を据え、揚屋の女将や女中が舞い上がるほどの施しをしてやり、塗下駄の足音も静かで、下男に差しかけられた傘から落ちた雪が袖にかかるのも気にしない鷹揚な佇まいだった。

──なぜ、京都では太夫にしなかったんだろう。

世之介が首を傾げると、「器量がいまいちだから」と連れがいう。

──バカいうなよ。太夫は器量がよければいいってもんじゃないぞ。

世之介はそういいながら、御舟が帰ってゆく後ろ姿にいつまでも見惚れていた。

一人淋しく二階に上がると、下では迎え待ちの女郎たちが茶釜の近くに集まって、お椀を箱に片付けている女中の邪魔をし、鮒の煮こごりの鉢を荒らしたり、湯だの水だのせわしなく口に運んでいる。丸盆を踏み割ってしまい、素知らぬ顔をしてくっつけたり、太鼓持ちの城浪の三味線を踏み折っておきながら、知らん顔で置き場所を変えたりする様子を、暗がりから眺め、ひとしきり笑った。部屋に吊るしたスルメやナマコも踊り出さんばかりの騒ぎだ。そろそろ帰る頃になると、自堕落にも上着を脱ぎ捨て、襦袢ひとつになり、下着を着替えながら、軒先の雨だれに驚き、「せめて門口くらい竹樋をかけたらいいものを、気が利かない仁左衛門だこと」と声高にののしるあたりははしたない。

ある太夫は吉田屋で摂津の毛馬村の田舎客から緋縮緬の褌を失敬して、翌朝には自分の腰巻に仕立てたとか。また別の太夫は綾絹の巾着を肌身離さず、その中にお櫃に入れたご飯のように小判を蓄えているのをたまたま見かけた世之介は「火の用心の夜道が心配でたまらないだろうな」と皮肉まじりにからかった。

――ここ五年ばかりのあいだにいろいろ見咎めたことは山ほどあるが、名指しするのはかわいそうだから、秘密にしておくが、人が見ていないところでも振る舞いに気を配るのが女郎のたしなみってもんだぜ。

物わかりのいい女郎相手に説教をして、揚屋を出てゆくと、越後町の北側の中程にある女郎屋の格子から「鰹の刺身が食べたい」という声が聞こえてきた。話の尾も頭もわからないまま「ちょっと聞き耳を立ててみようぜ。静かに」と耳の穴を広げてみると、どれもこれも聞き覚えのある太夫の声だった。

――あたしは胡桃餅を飽きるまで食べたい。

そんな声もしたかと思うと、別の望みをいう者もいて「鶏の骨抜き」、「山芋の煮しめ」、「山鳩」、「鴨と芹を炒めたの」、「棒飴」、「煮鮑を川口屋の帆掛舟の重箱一杯食べたい」などと思い思いの好物をいい立てるのがおかしかった。

「おい、聞いたか」と世之介がいうと、初音の太兵衛初め、四人は口を揃えて、「いやあ、すっかり御馳走になったな」と笑いながら、帰っていった。

今年の夏、太夫の吉岡に西瓜を振る舞った折、隠していた出歯をばらしたり、妻木にはところてんを食わせ、「うまいっちゃ」と訛りを丸出しにさせたのも世之介の仕業だった。ある時、住吉屋の納戸で、衣江、初雪などの女郎が炬燵に当たりながら、お供えの団子を食べながら、お茶をしているのを見たが、女同士の付き合いはこういうものだと、伏見堀界隈の毒舌も大目に見ようと思ったのだった。

眺めは初姿

駕籠屋を急がせ、島原に向かい、丹波口で元日の朝を迎えた。揚屋の主人、小六がまかり出て、世之介に新年の挨拶をすると、朱雀の野辺近く、早鶯の初音という太夫の晴れ姿を見ようと、出口の茶屋に腰掛け、女将のさこが差し出す縁起を祝う大福茶で新年を祝っていると、三度もお使いがやってきて、「どうぞおいでください」と客引きする。どの店だと聞くと、「鶴屋伝三郎方でございます」というので、「じゃあ、行ってみるか」と案内させた。

揚屋町にさしかかると、人の命を取らんばかりの美女がこぞってお披露目をしている。「あれは小太夫さま、こちらは野風さま、そっちは初音さま」と下男がいう。初音の装いは春めいた空色の襦袢に、こぼれ梅を散らした樺色の繻子の中着、上着には緋緞子に五色の切付をあしらい、羽根、羽子板、破魔弓、玉で飾り立て、注連縄、ゆずり葉、思い葉などめでたい模様をこれでもかと染め抜き、紫の羽織に紅の紐を結び下げ、立木の白梅に鶯まで留まらせ、抜き足でぬめるように行進している。見るほどに思いは募った。

――女郎は一見浮ついて見えて、実は賢いというのが上物なんだ。

女郎屋の主人、又市がほざいていたが、確かにそうだ。

正月二十五日までは予約でいっぱいで、割り込みもできず、ようやく二十六、二十七日に約束して、初音への挨拶が叶った。

――折にふれ、あなたをお見かけして、もちろん存じておりますが、あなたに逢える人が羨ましくつくづく素敵なお方と思っておりました。

のっけから殺し文句でおだてられ、舞い上がり、すっかり後手に回り、自分の身だしなみが気になり、緊張にコトバも詰まり、冷や汗までかいて、座が堅苦しくなってしまった。これではいかんと景気よく酒を干し、香木も惜しまず焚きまくり、中二階の部屋が古びているのを気にかけ、亭主を呼び出し、「このままじゃまずいだろ」と普請を請け合ったり、女将に祝儀をはずんだり、流行歌を歌う女には紫檀の継ぎ棹の三味線を買ってやったり、と太夫の手前、精一杯見栄を張る。そんな時代遅れのめり込みぶりには目も当てられず、連れの金左衛門は気を利かして、その大盤振る舞いを幾度かうやむやにしてやった。

いつもの世之介は誉れ高い遊び上手なのだが、初音の座配が段違いなので、気後れしてしまった。ほかの太夫など足元にも及ばない。座が沈んでくれば、笑わせ、粋がる客はうまくあしらい、初心な人は涙ぐむほど喜ばせ、臨機応変の駆け引きに神さえもうろたえ、騙されるに違いない。まして人間の知恵など及びもつかない女郎なのである。

床さばきも上品で、今夜はやけに眠いわなどとさりげなく、床の準備をうながし、化粧に立ったのを金左衛門が観察してみると、念入りにうがいをし、丁寧に髪を撫でつけ、二つの香炉で両袖を焚きしめ、「室の八島」と書のある箱から立ち上る香煙を着物の裾に包み込み、鏡に横顔まで映してみせたりと芸が細かい。控えの小座敷に指をつき、しきりの襖を開けさせ、ヘルプは帰し、お付きの娘だけを連れ、燭台を掲げ、枕元に立ち、「ほらほら、珍しい蜘蛛が」と囁く。世之介が驚き、「おお、やだやだ」と起き上がったところを抱きとめて、「女郎蜘蛛が取り付きますよ」といいながら、帯を解かせ、自分の腰巻も解き、「こうしてあげる」と肌を引き寄せ、背中をさすり、

「今までどこの女がここをいじっていたのかしら」と股間に手が伸びてくると、とろけそうになった。

たまりかねて、鼻息荒く腹の上に乗りかかれば、下から胸を押して、「何なさるの、やめて」という。「もう我慢できない。入れさせて」というと、「またそういう時が巡ってくるでしょう。今夜はここまでね」と答える。

——江戸の吉原でも同じように振られて、悔しくてたまらなかった。とても一人では下りられない。おまえが抱き下ろしてくれるなら、下りる。

世之介がとやかくいっているうちに、肝心の物が萎えて、役立たずになってしまい、ばつ悪く下りようとすると、初音が下から両耳をつかんで、「人の腹の上に乗っておきながら、今さら何ですか。ただでは下ろしませんよ」と最後までいかせてくれた。全く世に稀（まれ）に見る床上手である。

だが、その後、口論になって、起き抜けに蹴飛ばされた。何か気に障ることでもいったか、よく覚えていない。

放屁の匂いは他人に押しつけ知らん顔

京の女郎に吉原の気概を持たせて、大坂の揚屋で逢う。

これ以上の贅沢があるだろうか？　吉原名物の吉田という駆け引き上手の女郎がいた。容姿は島原一文字屋の金太夫に勝るとも劣らない。書も野風太夫よりも秀で、しかも歌を詠ませてもかなりのものだった。ある時、飛入という俳人が「涼しさや夕べ吉田が座敷つき」と発句すると、「蛍飛び入る我が床のうち」と即妙に返した。これに限らず、その聡明さはたびたび噂に上る。歌も三味線も上手で、郭のお勤めをする定めだったような女で、その賢さはあらゆる面に及んでいた。

世之介がことさらに吉田を寵愛し、何かと世話を焼くので、いやといえず、ほかの馴染み客を断り、誓紙に血判を押したりするうちに、本気で愛しく思うようになった。すると、世之介はまた別の太夫に目移りし、吉田と別れようとあれこれ画策したが、吉田には全く手落ちがなく、なかなか付け入る隙がなかった。

ある暮れ方、世之介は小柄屋の小兵衛を召し連れ、こう宣言した。

——いいか、なんだかんだ難癖をつけてでも、今日限り吉田ときっぱり手を切り、首尾よく太夫を乗り換えるぞ。急げ。

揚屋の清十郎方に行き、太夫に逢い、早速、横槍を入れ始めたが、吉田は早くも魂胆を読み切り、落ち着き払ったもので、いつものように酒の相手を務めたが、世之介はついがぶ飲みをしてしまい、無理を肴にする始末だった。

わざと酔っぱらったふりをし、ドタバタ歩き回り、燗鍋を蹴倒し、さざ波を立てて酒がこぼれるのを小兵衛は鼻紙でせき止めようとするが、止まらない。吉田の着物の裾を濡らそうかという時、お付きの小林が脱ぎ置いていた黒茶宇の上着で残らず吸い取って片付けた。吉田に仕える者だけあって、さすがだ、と口にこそ出さないものの誰もが感心していると、吉田も嬉しかったのだろう。「春の宵、一衣も値千金」といいたげだった。

部屋に明かりを入れる時分になると、太夫は台所に立ち、廊下を半分ほど過ぎると、うっかりおならをしてしまったようで、その音は疑いようもなく、世之介も小兵衛もしめたとばかり、手を打った。

——あら面白の春屁や、といったところだな。ツッコミどころが見つかったぞ。戻ってきたら、座敷が臭くていられないといってやろう。

——いや二人して鼻をつまんで、吉田の方から話を振ってきたら、「きょうはいい匂いを嗅ぎにきた」といってやろう。

そう申し合わせて、待っていたが、吉田はいつまでも戻ってこない。

「恥ずかしくて顔を出せないんだ」と大笑いしているところに、吉田はお色直しをし、桜の枝を一本持ってやってきた。二人が黙って様子を見ていると、先ほどおならをした板張りのところまでくると、細心に障子を開け、座敷に上がった。ここから先が肝心だ。小兵衛も迂闊なことをいうまいと、押し黙っていた。世之介も吉田が踏んだ板張りを踏んでみたが、何の音もしない。なかなかいい出せないでいるうちに、吉田の方から切り出してきた。

――このあいだからのお仕打ちは全く、納得がいきません。最初の出会いの時から、私があなた様に飽きるまで付き合いたいとのお約束でした。なるほど、今日限りで愛想が尽きました。もうお目にかかることもないでしょう。

そういい置くと、表に出て行き、犬と遊び始めたりして、心憎い態度を取る。二人はどうすることもできず、屁を嗅がされ、企みの裏をかかれ、別れの挨拶もせずに引き上げた。

その後、「世之介と小兵衛の仕打ちはひどい」と噂になり、乗り換えようとした太夫に逢えずじまいになってしまった。

吉田は包み隠さず、後輩の女郎や宿屋の女将、重都（しげいち）という太鼓持ち、遣り手のまんなどを集めて、ありのままを語って聞かせた。

――あの時、向こうからいいがかりをつけてきたら、「それは意地の悪い難癖というもので、ほかにもましなやり方はあったでしょう」といおうと、板張りの踏みどころを避けて通ると、あの方々も用心して、黙っているのもおかしいじゃないですか。いかにも音を鳴らしたのはこの私ですけどね。

太夫はあけすけに白状したが、この話が噂になっても、悪くいう人はいなかった。誰しも彼女の利発さに感心し、争って逢いに押し掛けるようになった。八王子から来る柴（しば）売り、神田橋で喜捨に立っている坊主、金杉の馬方までも吉田の君を思い、裸足で町の辻（つじ）に立ち、雲助、風来坊と蔑まれる連中さえも吉田のお披露目道中を見て、のぼせ上がって帰ってゆくのだった。

全盛歌書羽織

男が舶来の本奥縞（ほんおくじま）の着物で決めれば、女郎も金箔（きんぱく）銀箔の代わりに源氏絵巻を墨絵であしらった装いで、客と自分の紋も小さく並べ、袖口を黒く、裾を波形にしつらえた着物でめかしこむ。少し前までは、客は目の細かい編笠（あみがさ）をかぶり、女郎は紅（もみ）の紐の畦（うね）足袋（たび）を履いていたものだが、素足に草履を履く今風の装いと較（くら）べれば、かなり野暮ったかった。概して、流行には従っておくのが無難というもの。

近頃の客と来たら、次第に奢（おご）りが高ぶり、名香の煙を競って、しまいには火事みたいに気前よく香木を燃やし、その火でお付きの林弥（りんや）に酒の燗をさせたりする始末だ。中国の咸陽宮（かんようきゅう）に十五万キロの銀を蓄えたとしても、最後には雁門（がんもん）から夜逃げせざるを得なくなるのと同じだ。

ある初雪の朝、世之介は鑑定人に目利きさせた三十六歌仙の定家（さだいえ）や頼政（よりまさ）、素性（そせい）法師らの和歌や長歌の筆跡を継ぎ合わせた紙子（かみこ）羽織を着ていたが、そんな身のほど知らずのものを身に着けるとはつくづくもったいない。尾張の伝七も女郎二十三人の誓紙をつぎはぎし、これも羽織にして互いに男ぶりを競っていた。にしてみれば、二人のすれっからしは、野秋（のあき）太夫を巡って、つばぜり合いを演じていて、互いにカネでは片がつかず、命がけで張り合っていた。野秋にとって、この二人は『万葉集（まんようしゅう）』に出てくる伝説の乙女を争い、生田川に身投げした二人の男のようなものだった。

どっちが好きで、どっちが嫌いというものでもないので、一日交代で、交互に逢っていた。昨日の噂を今日は語らず、今日の話を翌日にはしないという生まれついての利口者で、手紙を書くにも双方に誠意を尽くし、誓紙も「お二人よりほかには絶対に」と書いた。実に誉れ高い女である。

うるさいのは世間の常で、「野秋はお勤めのために両手に花と紅葉(もみじ)を持って、歌を詠む」などと噂したが、そういう手合いは浅瀬を渡る人で、遊郭での恋の深さを知らないのである。多少なりとも、泳ぎ方を覚えて、太夫付きの引舟女郎(ひきふね)の一人でも買ってみればいい。どちらか一人に決めたとしても、五万日だろうと、太夫を指名し続けられる天下の遊び人なのだから、今さら太夫の機嫌を取る必要もない。

いつだったか雨の日に、客足が途絶え、何して遊ぼうか思いあぐんでいた。折しも二月十五日の涅槃会(ねはんえ)で、女将は煎茶を入れ替え、野秋をもてなそうと、桜ならぬ柳に差した餅花を焙烙(ほうろく)で炒(い)り、「みんな気取らずに、前歯がかけるまで食べようよ」とお付きの女や遣り手と膝を交えて、気安く内緒話を始め、やがて、太夫の身の上話になった。

――世之介様と伝七様のお二人は車の両輪みたいなもので、これほどまでに愛しく感じるのはきっと前世の因縁でしょう。叶うものなら、体が二つ欲しい。

そういって、むせび泣きながら、漏らすこともあった。

「太夫の心中は世間があしざまにいうようなものではありません」と太鼓持ちの清介

が改まって、大勢の前で語ったが、それは間違っていない。

その後、三月の二日からの桃の節句には世之介が、三日は曲水(きょくすい)の宴ということで、伝七が逢う約束をしたため、二人が顔を合わせることになったが、話し合って、三人枕を並べて寝ることにした。下卑た悪戯(いたずら)に走ることもなく、前代未聞の粋な遊びぶりだった。男気もあり、カネもあり、親はなく、暇は売るほどある。このご両人はまさに栄華を極め、世間に敵わないと思わせるに充分だった。

野秋もいよいよもてなしの奥義を究め、遊女評判記の「まさり草」、「懐鑑(ふところかがみ)」にもこの女のことをありのままに紹介しているが、実際に逢って寝てみなければわからない美点が二つある。

帯を解けば、肌に潤いがあり、温かく、鼻息高く、結い髪が乱れるのも気にせず、枕はいつだって、のけてしまい、目はかすかに青みがかり、左右の脇の下は湿り気を帯び、寝間着は汗に濡れ、腰は宙に浮き、足の指先は屈(かが)む。万事につけ、わざとらしさがなく、自然体だ。それが男に好まれる第一の美点だ。さらにたまらないのは、よがり声が鵺(ぬえ)に似て、乱れて蚊帳(かや)の吊手(つりて)が落ちるとともに男が果てそうになるところを九度まで抑える。その超絶技巧にはどんな絶倫男も参ってしまう。

短い夜の名残に、火を灯(とも)し、その美しい顔を見ると、絵に描いた姫君は物をいわないが、野秋は「さらばや」と囁く。あれはどこから出る声だろうか？　これほどの美女を生んだ親の顔を見てみたいと「親は？」と訊ねると、都の東南、宇治の朝日山の近くの里だという。そういえば、昔は名器をよくお茶にたとえたものだった。

巻七目録

その面影は雪むかし

島原の初代高橋に思いを寄せる男は後を絶たなかった。生まれる前から太夫になると決まっていた女で、愛嬌のある顔、目力が強く、腰つきにもいわくいいがたい魅力がある。

「いやあ、ほかにもまだまだいいところがたくさんある」

とかつて高橋と寝たことのある人は語っていた。確かに髪の結い方や物腰、利発な物いい、万事につけ、太夫らしいその雰囲気は女郎の鑑といっていい。

初雪が降った朝、高橋はおもむろに茶壺の封を切り、茶会を催すことにした。上林の太夫を交え、世之介を上客にして、揚屋町の八文字屋喜右衛門方の二階座敷を屏風で囲い即席の茶室とし、白紙を表装して掛けたのは何か深い趣向を凝らしていたのかもしれない。茶菓子は雛祭り用の器に入れ、茶器には橘の紋付きを使い、使い捨ての新しい道具もあしらい方次第で面白くなる。

しばらくして、台所から「久次郎、宇治からただいま帰りました」という声がすると、水を漉し始めた。さてはわざわざ宇治橋の三の間の水を汲みにやったんだなと知り、嬉しくなった。客が揃ったところで、高橋は墨をすり始め、「この初雪をそのまま詠んでみましょう」とにわかに句会を催し、例の白紙の掛け物に、おのおのが代わる代わる五句目まで書きつけたが、どれも見事な句だった。食事が済み、席を立ち、再び茶の間に戻ってくる合図に獅子踊りの三味線を使った。いずれも少々、浮かれ気味に茶室に入ると、今度は花を活けていない竹の筒だけが掛けられていて、不思議に思ったが、きょうは綺麗どころばかりが集まったので、これに勝る花はないという意味なのだろう。

高橋のその日の装束は、紅染の下着、上には白繻子に三番叟の縫紋の上着、萌黄の薄衣に紅の唐房をつけ、尾長鳥の散らし模様をあしらっていた。髪は稚児髷にし、金の平元結をかけていたが、その風情といったら、天女の妹といってもいいくらいだった。お点前の優美さも千利休の生まれ変わりかとも思えた。

茶の湯が終わると、一転して乱れ酒となり、いつもと違う楽しみが待っていた。酔った勢いで世之介は金貨、銀貨を紙入れからぶちまけ、両手ですくい、「太夫もらっとけ、やるから」といった。この雰囲気の中ではちょっともらいにくい。初心な女郎は戸惑いを隠せず、赤面しているのに、高橋はしとやかに笑い、「ありがたく頂戴しましょう」と、そばにあった丸盆に受けて、「今、目の前でいただくのも、こっそり手紙で無心するのも同じこと」といい、お付きの娘を呼び寄せ、「なくてはならないものでしょ。取っておきなさい」といった。こんな見事なさばき方は滅多に見られるものではない。

立ち居振る舞いは見ていて飽きず、女郎も客も邯鄲の夢のように、一日が暮れてゆくのを惜しんでいるところに、揚屋の丸屋から「尾張のお客様が先ほどからお待ちです」と使いの者がせわしく呼びにくる。相手が初会の客なので、無理が利かず、何の因果で今日約束してしまったのだろうと、高橋はお勤めの悲しさに涙ぐみながら、「ちょっと行って、断ってきますから、世之介様の淋しさはみんなで慰めて差し上げて」と門口へ出たものの、二、三度行きかけては帰り「私がいないあいだは、飲み過ぎないように小盃で差し上げなさい」とお付きの娘を残して丸屋に出かけた。

丸屋でもすぐに座敷へは向かわず、台所で世之介への手紙を書いたりしているので、亭主と女将が二人して高橋を宥め、「とりあえず奥にお上がり」というのだが、どこ吹く風だった。「お膳が出ます。どうか二階へ上がってください」と太鼓持ちたちがうながすのだが「太鼓持ちなら、島原の女郎の心意気くらい察してちょうだい。そんなにせっかちな客に逢っても面白くないわ」と喜右衛門の揚屋に戻ってしまい、それっきり丸屋から催促の呼び出しが来ても無視を決め込んでしまった。

世之介も恋は持ちつ持たれつなんだからと、太夫を諫め「まあ、行ってやりなよ」と諭したが、「今日に限っては日本中の神様に誓って、行きません」という。――そこまでいうなら、覚悟しとけよ。先方だって、このままじゃ気が済まないだろう。力ずくで連れ出しに来たら、腰から下だけ行かせて、腰から上はここに置いていけ。

そういうと、「覚悟の上です」と答え、世之介に三味線を弾かせて、膝枕して「さても命は」と投節を歌い始めた。間もなく尾張の大尽が乗り込んできて、「堪忍ならん」と刀を抜き、切りかかってきたが、高橋はどこ吹く風で、声も震わせることもなく歌い続けた。周りの者は大尽を諫め、説得するが聞く耳を持たない。両方の揚屋も、町役人も袴を履いて駆けつけ、両方のいい分が紛糾する中、大坂屋の高橋の親方も駆けつけ、「今日は尾張のお客にも世之介殿にも売らない」といって、高橋の髪をつかんで、連れ帰った。そんな騒ぎの中でも「世之介様、さらば」と別れの挨拶をするあっぱれな女だが、そんな女に惚れられる世之介も男冥利に尽きるというものだ。

末社（まっしゃ）のしたい放題

「昔の人の袖の香りぞする」と歌われているけれども、初代よりも今の薫（かおる）太夫の方がずっと人気があって、お抱え主の上林の家をも繁昌させている。ことに服の趣味が素晴らしく、誰もがいいというものはやはりいいのだ、と通人の素仙（そせん）法師もいっている。草花にしても、秋がいいと『徒然草（つれづれぐさ）』にも書いてあるので、白繻子の袷（あわせ）に狩野雪信（かのうゆきのぶ）に頼んで秋の野の景色を描いてもらい、絵にちなんだ古歌を公家衆（くげしゅ）八人の筆で寄せ書きしてもらい、同じ物は二つとない掛け物が仕上がった。これをさりげなく着こなすあたり、いかに全盛の遊女といえども、贅沢（ぜいたく）の極みである。とはいうものの、京都ならでは、薫ならではの思い切った趣向で、大抵のことには驚かない人も土産（みやげ）話の一つにしようと見物に押しかけるほどだった。

世が移ろい、次第に贅沢に慣れ、人によく知られた大尽ともなれば、肌着に緋無垢（ひむく）をちらつかせ、上には卵色の縮緬（ちりめん）に馴染（なじ）みの女郎の紋をちりばめ、帯は薄鼠（うすねずみ）の西陣織、羽織は黒い呉絽（ごろ）服連に縞（しま）柄のビロードの裏をつけ、細部を同じ文様で揃えた町人好みの大脇差を少し反らし気味にして、鞘（さや）に藍鮫（あいざめ）をかけ、小さめの古鍔（ふるつば）をつけ、柄を長く取り、金の四目貫を打って、鼠屋の藤色の組糸を柄糸とし、平型の印籠に色革の巾着をぶら下げ、そこには瑪瑙のふたつ玉、極上の唐木細工の根付もついている。扇も十二本骨で友禅が描いた浮世絵入り、極上品の小菊の鼻紙を持ち、雲斎織の袋足袋、細緒の藁草履を履き、背の高い草履取りに笠と杖を持たせ、有名な太鼓持ちをつけていれば、さすがに暗い夜道にも女郎買いとわかる。

——遊郭は洗濯したての日野絹の着物一枚や、替えの褌もないような人が行くところではない。

金持ちだがケチで有名な藤屋の市兵衛のコトバに頷くなら、せいぜいカネを貯めるがいい。しかし、人生は思いのほか短いので、持っている物は使うに限ると、ある日、世之介は風呂を借り切り、太鼓持ちどもを集め、「本日無礼講」と定め、全員に自分のトレードマークの撫子模様入りの揃いの浴衣を着せ、ちょんまげも結わず、褌も締めず、九人一列に並んで、八文字屋の二階に上がって騒げば、揚屋町はひっそりと連中を笑った。都の変人たちが全員集合となれば、それも無理もない。

さて、京の太鼓持ち四天王の一人弥七が棕櫚箒に御幣を切って付け、格子窓からにょっと差し出せば、丸屋の二階からはこれはめでたいとばかり、大黒と恵比寿を差し出す。これを見て、柏屋の二階からは恵比寿さまにはこれと小鯛を見せれば、庄左衛門は炮烙に恵比寿の釣髭を描いてみせる。隣からは三社の託宣を掲げて、拝ませる。また向かいからは罰が当たるぞと金槌を出す。それに応え、鸚鵡の吉兵衛は目から火が出たとばかりに懸灯蓋に火を灯す。それを受け、丸屋から仏像に頭巾をかぶせて出せば、柏屋からは地獄から救うとばかりに釣瓶取りを出す。八文字屋からまな板を見せれば、丸屋から牛蒡一把を差し出す。猫を出せば、干鮭に楊枝をくわえさせて出す。弥七が火消し壺に注連縄を張って出せば、火吹き竹の先に醬油の台帳をつけて出す。烏帽子をかぶった頭を出せば、向こうからは三百円の賽銭を紙に包んで投げてやる。北からすりこぎに綿帽子を巻いて、おめでたを仄めかせば、南では障子に「子どもを堕ろすいい薬あり、同じく日雇いの産婆もあり」と書いてみせる。すると、中程の揚屋の二階からは、死産と受けて、幡や天蓋などの葬儀道具一式を出す。泣くやら大笑いするやら、揚屋町にその日客がついて出かけた女郎も男も残らず表に出て、夢中になって三カ所の二階を飽かずに眺めていた。これは古今稀に見る酔狂だった。

興に乗じて見物人の所望に応じ、ついには大道に出て、即興の洒落やギャグを飛ばし始めたので、みんな腹、腰をよじって笑い転げた。やがて、興も覚めてきたが、騒ぎは収まらないので、「何とかこの馬鹿騒ぎをやめにする手はないものかね」と誰かがいうと、「今すぐやめさせてやるよ」と東側の中程の揚屋から声が上がった。

——太夫、慰みに金を拾わせてお目にかけよう。

誰かがそういうと、袱紗（ふくさ）を開いて金貨を山盛りにし、小坊主にいって、雨みたいに表に降らせた。ところが、誰一人、それを拾おうともせず、太鼓持ち連中の芸尽くしに見入っていた。それこそさすがの都の粋というものだった。カネを投げ捨てた方は白けて、笑いものにされ、ばつ悪く中に引っ込んでしまったが、後から乞食の坊主や紙屑（かみくず）拾いがカネをかき集めて、東三条の貧乏長屋に帰っていった。

人の知らないへそくり

「もしもし、ちょっとお待ちください」と高嶋屋の女中に呼びかけられ、何の用かと振り返ると、女中は「さるお方からです」と名書きもない手紙を懐に押し込み、何もいわずに立ち去った。自分には別段、心当たりはなかったが、滝川という女郎に惚れた者がいて、世之介がその仲介をし、返事を待っていたことを思い出し、家に帰って確かめる暇を惜しんで、順慶町（じゅんけいまち）の辻行燈（つじあんどん）に立ち寄って開いてみたが、よくわからない。どうやら、滝川からの手紙の返事ではなく、自分に惚れ込み、悶々（もんもん）としている様が綿々と綴（つづ）ってあるではないか。

いい気になった世之介はこれを自慢して、連れの男にいった。

——それ見たことか、こっちから口説いても埒の明かないことばかりと思いきや、向こうの方から口説いてくることもあるもんだ。しかも、相手は太夫様だぜ。世間に若い者は多いが、ほかならぬオレに声を掛けてきたということは、このいかす髪型のせいだろう。どうだ、世之介にあやかれ。

相手は「どうも合点がいかないな」と笑うので、むきになって「オレが嘘をいってるとでも思ってるのか？　これを見てみろ」と手紙を見せると、「見るまでもないよ。その手紙はほら、そこの太夫殿からの手紙だろ」という。

——どういうことだ？　知ってるのか？

——いや、その女郎なら、そんなに喜びなさんな。おまえに限らず、近頃は半太夫様だの、薩摩様の客にもその通り、恋文を送って、他人の男を横取りするのが流行ってるんだ。そんな不届き者には恋する資格なんてないね。紋日には欠かさず通ってくるような大尽だけを目当てにした営業だよ。

男っぷりなんて関係ないという証拠に、河内の庄屋に鼻の欠けた客がいたが、それにも執心の手紙をつけ届けて、三年分の借金や、掛け買いの代金を払わせて、その後は目をつぶって寝たり抱かれたりしたが、「顔が気に入らない」といいがかりをつける。相手の男は是非もなくぼやいた。

――そんなの今気づいたとはいわせないぞ。何やかやもらうだけもらっておきながら、あまりむごい仕打ちじゃないか。オレの誠意の証に、遣り手婆に小麦をやれといわれれば、きょうも粉にして二俵も運ばせ、おまえの実家で綿が入り用とあれば、塵を落とした六十キロの綿を四、五日前にも贈ってやったし、干蕪や瓜や茄子まで遠い天満の果てまで仕送りし、おまえの気に入るようにしてやったのに、今年の夏仁和寺の堤防が決壊して、田畑が水浸しになり、収穫は見込めないと見限られたら、悔しくてたまらない。

男はそういって、泣きながら、帰っていった。

世之介はその話を聞いて、「とんでもない奴だ。こいつだけは放っておけない」と思い、その手紙にわざと色よい返事をし、逢おうということになった。

ある時、豊後の客が初めて太夫に逢う日、世之介も同じ宿に顔を出すと、太夫は紙切れに走り書きして、「裏へ回って待っていて」と伝えてきた。後でどうなろうと、ともあれ今夜のところはいう通りにしておこうと、柴部屋に隠れて、物陰から様子を窺っていた。

差す盃もろくに手に持たず、にわかに腹が痛いといい出し、田舎の大尽が印籠を開けて、薬を与えたが、飲むふりをして灰吹きに捨て、お付きの娘に紙燭(しそく)を灯させ、便所の入口に待たせておいて、自分は世之介の元に駆け寄り、「こうしてお逢いできるなんて嬉しい」という。大尽は心配して、坪庭の窓を開け、「太夫様は休んでおられるか？　まだ痛むか？」と声を掛ける。お付きの娘は「今お手洗いです」という。古典的な方法ながら、未(いま)だにこの方法に騙(だま)される客がいる。

女は世之介と炭俵のあいだから起き上がると、着物の汚れを気にして、「ああ、汚しちゃった。もったいない」といいながら、お付きに箒(ほうき)で背中を払わせ、それっきり座敷には戻らず、仏壇の前にいて、ささげご飯の茶漬に干鱈(ひだら)をむしり食い、終わると、手元にあった小銭の勘定を始めた。いくら何でも、客を放っておいてのカネ勘定など女郎のすべきことではない。

大尽は淋しさにいたたまれず、座を立った際にこのありさまを目にして、「まあ、大事でなくてほっとした。カネ勘定できるほどのお加減なら」と揚屋にも礼をいって帰った。それを何とも思わず、そこに居合わせた手代に「小判貸しの利回りはどれくらいかしら」と聞く。まったくその面(つら)に水でもかけてやりたい。これでも太夫として売り物になるとは。どうしようもない女だが、ここに名を書くまでもない、どのみちその名は世間の知るところとなる。

その後、四、五回、逢うには逢ったが、正月の費用の無心の手紙が届いたので、こう返事を書いてやった。

「カネを出して女郎に狂っておりますが、ご存じの通り、馴染みの太夫と睦まじくしている身です。あなたからはこのような手紙をもらいましたが、恋に暇なき身ゆえ、施しのつもりでちょっとお逢いしたまでのこと。ほかの客からしっかり稼いでください。日貸しのカネをご用立てくださるならば、貸す相手はお世話もします。取り込み中につき、用件のみにて失礼」

差す盃は百二十里

露や時雨に両袖を濡らす色道の達人と、吉原の高尾の女郎盛りを見たいと、紅葉重ねの旅衣装で、八人交代で担ぐ大駕籠に乗り、五人の太鼓持ちを引き連れて、京都を出立した。

ぱっと目につく派手な装いに陰陽の神も乗り移り、世に名だたるわけ知り男どもが、昼夜を分たず休みなしに進めば、やがて駿河の宇津山にさしかかった。島原への伝手でもないかと思っていると、ちょうどそこに三条通りの太鼓持ち、亀屋の清六が現れ、駄賃馬から降りるのももどかしく、「唐土太夫は変わらず、お勤めか。江戸では小紫太夫に逢って、都へ差す盃をことづかってきた」などと立ち話をするうちに江戸が恋しくなり、また京の事もいっそう忘れがたく、「ちょっと待っててくれ」といって、鼻紙に石筆で「きょうこの宇津山の細道にて清六に逢って、やつれた旅姿を見せたが、おまえが懐かしくてたまらない。この露みたいな命が消えなければ、また逢う時もあるだろう。それまではこれをオレと思ってくれ」と走り書きし、岩にからみついた蔦の葉を折って紙にくるみ「金太夫に渡してくれ」と頼んだ。五人の太鼓持ちたちもそれぞれの思いを涙ながらにことづけた。

――ああ、そうそう、一ついい忘れたことがあった。上林の遣り手婆のまんに首筋をよく洗っておけと憚りながら、伝えてくれ。

そこで一同、爆笑して別れた。

苔が生えた野道を伝い降りれば、草葺の小屋で十団子を売っている女さえもが美しく見えて、招かれて手越という里に着くと、杉の葉を丸めた酒屋の看板があった。「ここが昔、千手の前のオヤジが住んでいたところだ」といいながら、安倍川を渡ると、東の方に拍子木に合わせて、「来ずに待たせる殿を恨み」と歌う声が聞こえてくる。「さてはあそこがこのあたりの花街だな。見ずに素通りできまい」とたくし上げた裾を下ろし、道中案内図入りの扇をかざして、繰り出したが、「見ないうちが花」と遊ばずにおいたのは、よほどつまらなそうだったからだ。島原でも最低の北側にも劣っていた。

三島では、今はもうなくなった郭跡まで探し、女の通行をいちいち改める箱根の、いわゆる恋の関所を越え、武蔵野の恋草、紫草ゆかりの江戸紫の染物屋、平吉の宿に着いた。

――早速だが、吉原の話を聞かせてくれ。

主人は新版の「遊女紋尽くし」を見せてくれた。「紅葉は三浦の太夫」と読むが早いか、ときめいてきて、いつ朝の嵐が来るかしれないから、散らぬ先にこの姫君をつかんでおこうと総勢六人でいざ吉原へと繰り出した。金龍山を目標に、隅田川の浅草あたりを二挺立ての船で進み、駒形堂を過ぎ、日本堤にさしかかった。このあたりは浅茅原、小塚原、吉原と名所の野が三つあって、三野という。三谷と書いたりもする。

大門口の茶屋で身繕いをし、清十郎という揚屋に行って、「上方からの客だ」というと、「お名前はかねがね承っております。いつかお泊りいただくこともあろうかと、心待ちにしておりました」といって、襖障子を開けると、八畳敷の小座敷を新しくしつらえ、京の世之介様御床と札を張り出しておくとは、粋な計らいだ。亭主はそれだけでなく、盃、燗鍋、吸物椀に至るまで世之介の撫子紋を散らしておく気の配りようだった。

「さて高尾太夫は」と訊ねると、「九月十月両月はさるお方が市左衛門の揚屋にて連日のお約束、十一月中は利右衛門方にお出ましの約束、年忘れ三十日は私どもの揚屋で御契約、正月の予定も入っていて、年内に空きは一日もない状態です。私どもの揚屋で年越しをなさって、春までお待ちになってはいかがですか？」などという。一同は呆れ返り、「その敵はどこのどいつだ」と聞けば、「小判は木になるものか、海にあるものかも知らない高貴なお方」だとか。世之介も今回は一億ほど使い捨てるつもりで乗り込んで来たが、これでは歯が立ちそうもなかった。

十月二日の最初の亥の日から口説き始めて、ようやくその月の二十九日に清十郎と平吉の働きで泣き落としに成功し、客の目を盗んで忍び逢いできることになった。

世之介は人目を忍び、平吉だけをお供に連れ、暮れ方から出かけ、帰りがけの高尾の姿を見かけた。総鹿子や唐織などをまとい、帯は胸の高さに締め、腰を落として八文字で歩く。上方とは違って、珍しく目につくものである。顔見知りに逢ってもコトバを掛けず、お付きの娘二人も対の着物で、遣り手や下男にまで高尾の紅葉の紋をつけさせ、それこそ色好みの山が動くがごとしだった。

是非とも今夜は、と待ちわびて、夜半の鐘もやるせなく、逢う前から恨みがましく鐘の音を数え、やがて人々が寝静まった頃、女たちの乗り物が担ぎ込まれて来た。台所の火も消して、その姿が外に見えないようにし、揚屋の女房が引き渡しの盃を交わすと、じきに夜が明けるのを惜しむように世之介に先に床を取らせ、お供の平吉にも鹿背山（かせやま）という女郎としっとりと床入りさせた。

しばらくすると、高尾がいそいそとやってきて、「私より先には寝かせませんよ」と世之介を無理に起こし、平吉と鹿背山の恋の邪魔までして、呼び寄せ、全員布団の上に上げ、なぞなぞをして遊び、やがて飽きると、平吉と鹿背山をそれぞれの床に帰し、その後、「帯を解いておやすみなさい」といってくれるのだが、世之介は気後れして、解けずにいると、「それでは私の心遣いが無になるじゃありませんか。最初は布団も冷えているから、用もないのに二人を呼んで、温めさせたのに、その甲斐（かい）がありません」と巧みに帯を解き、肌に触れるのを許し、「また近々お逢いするというわけにもいきませんから、お心のままにどうぞ」と初対面なのに格別の待遇だった。この世に二人とはいない希有（けう）な太夫である。

色事の日記帳

女郎にとって嬉しいもの。その日の客が早めに帰ってくれること、馴染みと忍び逢い、土間で別れを交わすこと、遣り手が病気で寝込んでいる時、おカネで分厚くなった手紙などなど。

さて、世之介がニヤニヤしながら読んだのは木村屋(このむらや)お抱えの和州(わしゅう)太夫からの手紙だ。吉野の桜をしのごうかという全盛の春を迎えていた彼女が三月の三十日分の日記を送ってくれたのだ。

これこそ恋の山である。出羽(でわ)の国の庄内に出かけ、米など調達し、大坂への舟が来るのが遅いのをもどかしく思っていたので、この手紙に新町恋しさが募り、早速読み始めた。

夜明けの客は中の島の塩屋宇右衛門の手代で、日中は忙しい身だからと高嶋屋で逢いました。昨夜のお勤めの疲れが残り、紙筆を持ちながら、いつの間にかくたびれて横になり、あなた様のことをまざまざと夢見ておりましたら、惜しいことに格子を叩く音で起こされて、悲しゅうございました。しばらく、返事もせずにいると、なおもしつこく叩くので、朝寝坊の八千代さえ目覚め、「もしもし」と呼ばれるので仕方なく起き出し、「行水の用意を」と女中にいうと、揚屋からの迎えの男は行水が済むまでは待たず、腹立ち紛れに一人で帰っていったかと思うと、車屋の黒犬に吠えられて、西の横町へ回ったのはおかしゅうございました。思いを寄せる男とそうでない男にはこれほど違いがあるものかと、我が心恐ろしく感じられた次第でございます。そこへまた揚屋からの使いが来て、一日早々からその手代と口論となってしまいました。

二日は川口屋で初めて肥後八代からのご一行様に逢いました。一座には八木屋の霧山、伏見屋の吉川、清水の利兵衛なども参りまして、浄瑠璃の道行きを語り始めました。「東の空はこの方ぞ」という一節を耳にし、思わずはっとし、「私も世之介様を訪ねてゆきたい」と悲しくもない場面で涙をこぼしてしまいましたが、端から見て、これを恋の涙とは誰も思わなかったでしょう。床入りするまでもなく、暮れて、そのまま帰る道中で提灯につけたあなた様の撫子紋を見て、「まだあの男のことを思っているのか」と闇の中から悪口が聞こえ、誰かと思えば、天満の又様で「介様のお帰りはいつ頃か」とお訊ねになりました。この方も越前太夫とは馴染みながらわけありで、二十日あまり遊郭をご無沙汰しているあいだ、大坂南の道頓堀にて若衆の小曝(こざらし)を可愛がっておられるとのこと、これも代わりのお慰みということでしょう。あなた様の弟分の女形(おんながた)の吉弥(きちや)様もいよいよ美しくおなりです。

三日四日は住吉屋長四郎方へ参りました。お相手は唐津の庄介様、去年の盆の決済をしていただいたお客さまです。昼のあいだは住吉の潮干狩りにお出かけになり、桜貝や貝殻を自ら拾ってこられ、「逢わぬ先から袖濡らす」と無邪気な戯(ざ)れ言(ごと)を申されました。

五日は茨木屋(いばらきや)で、ご存じのいやな男に逢いました。お勤めのため心にもない誓紙を一枚書きました。先方からの誓紙はこの手紙に同封し、あなた様にお預けします。

六日はお灸(きゅう)を据えることにして、客がつかないお暇を幸いにゆっくり休み、七日は茨木屋に呼ばれていたのを、井筒屋(いづつや)にもらわれ、最上(もがみ)のご一行様に逢いました。八日も同じ一座。九日は亡き母の十三回忌にあたるので、千日寺(せんにちでら)へ石塔を立て、供養いたしました。

十日は八郎右衛門の取り持ちで、鼬堀(いたちぼり)のお客と仲直りしました。十一日は折屋にて播磨(はりま)の網干(あぼし)の方と初会、こちらは八木屋の霧山様に逢っておられましたが、筋を通して別れたとのことですので、裏を取ってからお逢いしました。

十三日は家にいて、蒔絵(まきえ)師の治介に注文していた硯(すずり)箱が仕上がったので届けてくれました。和歌の浦の風景は素晴らしく、布引(ぬのびき)の松などいかにもありそうに筆を尽くしてあります。とても気に入ったので使い初めにこの手紙を書きました。

さてあなた様が残していかれた艶笑の肌着、十四日にふと思い出し、身に着けてお座敷に出ましたら、庄介様にねだられ、いやとはいえず、気前よく差し上げてしまいました。特に理由はありませんから、お気になさらないで。一、二日ほど経ってから、ありあわせのインド産の絹一巻を送ってくれましたが、その中に金貨で百五十万円、何も書かずにこっそりくださいました。そのまま開けてもみずに、せわしく催促していた呉服屋の左兵衛に渡しました。

私の身に悲しいことが積もり積もるのは、ひとえにあなた様がこちらにいらっしゃらないからです。

細々と遊郭での暮らしを報告する手紙を涙ながらに読み進めるうちに、和州の幻影が、世之介の背後に現れ、「わたくしはいよいよ島原への移籍の話がまとまり、あさってには大坂を離れなければなりません」というと、泣き声に変わり、「少しでも売れなくなると、京へ移籍とはむごい仕打ちじゃありませんか。私が京へ上ったら、きっと死んでしまうでしょう」と続ける。「それは悲し過ぎるよ」と振り返ってみれば、四足五足足音がし、こちらを見つめたかと思うと、跡形もなく消え失せてしまった。いくら幻影とはいえ、このまま見捨ててはおけないと難波の色里に帰ることにした。

口添えて酒軽籠

占いの書には、金星の男の恋は初めは吉で、後が凶と出ている。その大尽が使ったカネは約三千万で、新町の吾妻太夫を請け出し、願掛け通りに待兼山の麓の村に妾宅を構え、歓楽の限りを尽くした。しかし、吾妻はちっとも喜ばず、憂鬱に沈み、ままならない身の行く末を嘆いていた。世之介と交わした約束が忘れられず、書き置きをして、剃刀を手に取ろうとしたこともあったという。だが、いくら気に食わないといっても、ひとたび遊郭の苦患から救い出してもらった恩は無下にはできない。ただ、この先は一切浮名の立たない死に際を迎えたいと思い詰め、春の夢のごとくはかなくなり、花がしおれるように湯水を断ち、延宝五年五月八日の明け方に空しく果てた。

実に惜しい太夫を亡くした。その情は深く、物腰は柔らかく、賢く、礼儀正しく、座敷に上がれば、仮にも座を外したりせず、客に聞かれて恥ずかしいことをお付きが耳打ちすることもなく、客への手紙も人目を気にせず、ありていに書き、その日の客の気分を裏切るようなことはせず、まして初会には座を引き締め、手洗いに立つ時も庭に降り、前萩の袖垣などを物静かに眺め、露に湿った着物の褄を取り、手洗いの戸を開けるにも音を立てず、窓から外を覗くような真似はせず、立つ時には紙を惜しまず使い、出ても座敷にしばらく上がらず、築山の佇まいを意味ありげに見渡し、いつとなく手水を使い、その後、香を裾に焚き染め、それからゆったりと座に戻る。太夫の立ち居振る舞いはこうあるべきという見本だった。

常日頃から、この人は勤め以外で間違っても人に手を握らせるようなことはせず、まして客を待っている日は台所にいて、仮にも物陰に隠れるようなことはせず、身持ち正しく、何があっても本気で男に惚れるようなことはあるまいと思っていたが、ここ二年ばかりは世之介と浅からぬ仲になっていた。

その仲を取り持ったのが越後町のある揚屋の女房だった。

ある座敷踊りの大宴会が終わり、誰も彼もが疲れ、乱れ果て、夕方、吾妻が行水をしようと着替えの浴衣を用意し、腰巻が今日の汗でしっとり濡れてしまったといいながら、水を浴びるその裸体の美しさといったら、久米の仙人も神通力を失うほどだった。

世之介が雨戸の戸袋に佇んでいると、女房が釣り行燈の明かりをわざと消し、「それ、そこ」と背中を押され、おそるおそる湯殿に駆け込むと、はやる心に任せてそそくさと性交を済ませ、出てゆくところを遣り手のよしに見つけられ、悲しいかな、口止め料で、郡内縞の上着を買ってやる約束をさせられたのは失敗だった。そうはいっても、吾妻に逢い始めてからこの方、ありがたいことばかり、わざわざ散財して遊ぶ男どもが空気みたいに視界に入らなくなるから不思議だ。

その年の十一月二十五日、九軒町の紙屋で平野の綿屋の吉左様に逢うけれども、夕方には必ずお帰りだから、こっそりおいでくださいとのことだったので、庭の茂みに隠れて様子を窺っていると、久都という座頭の太鼓持ちに「太夫様のお相手をしろ」といい残し、吉左は帰った。そのあと久都が後生大事とつききりでいるのが、迷惑千万だった。

宵の口はずっと待っていたが、夜半過ぎから袖から払いきれないほど雪が降り出したので、沓脱ぎ石の上の下駄を枕にして、凍えながらもいつの間にか寝入ってしまった。下座敷の床では扇屋の長津が馴染みの客と寝ていたが、起き抜けに障子を開けて

「下駄は？」とお付きに訊ねたが、世之介が身をすくめて縁の下に隠れているのに気づき、「もういいわ。下駄は探さなくていい」と制してくれたのは気が利いていた。この時の嬉しさに「太夫として、いつまでも健在でいてくれ」と願わずにはいられなかった。

二階では久都が梯子を上り下りする足音を気にしているのが笑えた。吾妻はやきもきして、古い手紙を裂いて、こよりを細長く作り、小さな籠を編んで、天目茶碗を載せて熱燗の酒を注ぎ、ちょっと口を付けると、そろそろと下に下ろした。世之介はこの配慮に感動し、酒が心に沁み、このことは忘れまいと思った。半分ほど飲み干し、一息つくと、「つまみはこれで」と長津が漬山椒を一房くれたのもありがたかった。

その後、長津は二階に世之介を手引きして、久都に抱きつき、相手を喜ばせようと、「あら可愛いお坊さん、この胸のつかえをさすっておくれよ」とその手を取って、懐に入れ、「そこ、もうちょっと下、もう少し」と微妙なところまで触らせてやり、久都がときめいているあいだに、吾妻に思いを遂げさせてやろうとするとは、これこそ遊女の友情というものだ。目が見えない久都は知らぬが仏。「ああ、ありがたい太夫様の黄金の肌」と夢中になってさすっているうちに、「お客様のお立ち」と客の帰りをうながす声が聞こえた。

新町の夕暮れ島原の曙

茶屋の亭主が浅黄色の麻の裃に茶小紋の着物、小脇差という出で立ちで、いつもとはちょっとばかり違って、多少は知恵のありそうな顔をしていると、あの世での弥三郎殿が御礼、御祝儀に現れたみたいだった。さて今日からは菊の節句で、遊郭では衣装重ねの行事があるが、これを見るのは命の洗濯になる。

しっとりと濡れそぼり、山の匂いも深い夕暮れの景色を眺めに、新町にやってきた世之介は鶯の太兵衛の揚屋の軒先にかけられた簾越しにほのかに見え隠れする女郎たちの姿に心浮き立っていた。名前も知らない下っ端の女郎でさえも綺麗に見えるのは今日が特別な日だからだろう。

とりわけ高間太夫はずば抜けて美しく、今夜デビューの妹女郎の手を引いて、挨拶回りをする姿に見惚れ、垂れるよだれを拭くのも忘れるほどだ。これこそ寂光の都、極楽浄土、庭には金吾の長持を運び入れ、井筒屋に出入りする遣り手の手にも御祝儀の金貨が光り、誰もがご機嫌の表情だ。

また場所を変え、九軒町の住吉屋に行き、吃りの亭主四郎右衛門に軽口をいわせ、太夫の両脇についたお付きのるいには少女ながら好きな酒を飲ませ、通りがかりの女郎を一人一人冷やかし、きっとなったところを宥めて腰掛けさせ、酒を飲ませれば、「下戸ならぬ男の酔い方に惚れました」と兼好という太夫にいい寄られたりした。

　世之介はその日は新町の揚屋の扇屋に上がり、憎からぬ女郎と逢っていたのだが、二股かけている世之介は急に島原が恋しくなり、その女郎をほったらかしにして、道頓堀に向かい、畳屋町の知り合いの役者の家から、疚しいことはないのに人目を忍んで、四人がかりの駕籠に乗った。女形の吉弥と約束していたが、恋のあてが変わったので、適当に伝言を残して、夜の道を急がせた。夜の八時の鐘が鳴る頃に「佐太の天神がいますよ」と駕籠かきがいうと、「天神か、太夫はいないが、飲まずにはいられないな」と焚き火で燗をつけ、真柴焼き味噌のつまみも乙だった。酔いが覚めないうちに交野、禁野を過ぎ、淀の小橋に着くと、霧が立ち込めていた。「鳥羽の恋塚を過ぎます」と駕籠かきがいえば、「わかった」と目を覚まし、ほどなく東寺の四つ塚の茶屋に到着した。竹の編戸を荒く叩いて亭主を起こし、「湯が沸くまで待てない。息が切れる。水を飲ませてくれ」と駕籠かきたちが怒鳴った。

　去年、遊び仲間の森が駕籠かきを急がせ過ぎて、死なせてしまった野辺もこのあたりだったと思い出し、島原が懐かしく、星の光が薄れてゆくのを待ちわびて、丹波口の茶屋の小兵衛方に駕籠をつけると、朝帰りの客を待ちがてら、店の片側だけ開けて出てくるや、「これは珍しい時間に御上りで。高橋様も待ち遠しいと昨日もおっしゃってましたから、すぐに知らせて喜ばせてあげましょう」と閉じたままの門を叩き、出口の茶屋に伝え、早速、三文字屋に使いを出した。

――この島原の朝の景色の面白さを見ろ。西行はどんなつもりで松島の曙や象潟（きさかた）の夕暮れを讃（たた）えたのかね。昨日は新町の暮れを見捨てて、その目で今日、島原の夜明けを眺めている。これほどの楽しみが外国にあるかね、世之介さん、どう思う？

――もっともだ。

仲間とそんな話をしながら、藤屋の彦右衛門のところに立ち寄れば、昨夜の行燈は消え、かたわらで釜がわびしく煮えたぎっていた。岩倉名物の松茸（まったけ）を焼き、汁椀で酒を二杯平らげ、「こいつはいける」といっているところに、幸運にも身請けされた歌仙が人妻っぽいなりでやってきた。

――名残惜しいが、どこへ行くんだ？

そう訊ねても、「我が庵（いお）は……」といいかけたまま立ち去ってしまった。

――なあに宇治なんかには行かないよ。知らないとでも思ってるのか、六角堂の裏あたりへ行くんだろ。

そんな与太話をしていると、高橋からの使いが来て、引舟女郎の対馬、三芳、土佐、揚屋からは次兵衛そのほかの男どもがぞろぞろやってきて、「とりあえずあっちへ」と祭でも始まったみたいに続々と人が集まってくるのは脂の乗りきった現在の高橋ならではのことだ。さながら大名行列みたいなものである。

先ずは昼寝をして、昨夜の眠りを取り戻し、夕方から表に床几を据え、九月十日の月を眺める。やはり都の風情はいいもので、高橋、野風、志賀、遠州、野世、それに賢い蔵之介、利発な対馬、三好と土佐の三味線が加わり、浴びるほど飲んでしまった。かつて馴染んだ唐土も呼んで笑わせ、薫に色目を使われ、奥州を領かせ、過ぎし日のことを思い出したりした。島原の女郎の洗練、装いは一流で、ここに慣れたら、もうよそでは遊べない。夜が更け、床をとっても、敷布団は三枚重ね、替えの掛け布団、枕も特別あつらえだ。最初から帯を解いて裸で寝るので、寝間着なんてあってもないようなもので、万事は付き添いの女郎に身を任せ、煙草も自分では詰めず、布団も掛けてもらい、優しい太夫のコトバを子守唄に聞きながら、今夜もいい夢を見る。

巻八目録

楽寝の車

どの家にも必ず死に損ないの婆さんがいる。世の中はあるがままが一番と人はいうが、松ばかりの山なんてちっとも面白くない。やりたい放題ができるこんな便利な揚屋の仕組みは、よくぞ始めてくれたものだが、若返りの楽しみを教えてもくれる。遠く竜宮浄土を望み、気立ての知れない乙姫に逢うよりは、近場にあって気心の知れた丸屋の女たちの方がましだ、と集まった太鼓持ちたちが口々にいう。

――今日ほど暇な日は滅多にない。ひとつ石清水八幡に詣で、オレたちが毎日ついている嘘に神様も気づいているだろうから、厄払いしておこう。

神楽の庄左衛門がいい出したので、ぞろ出かけることになった。

――明日は十九日で本祭りだ。人混みにもまれることもなかろう。前夜祭としゃれこもう。道すがら酒もやれて、一緒にしゃべりながら参拝できる方法はないかな。世之介様のお知恵を拝借しよう。

仲間がそんな話をするや、「そんなの修行者が水をかぶるよりたやすいぜ」と世之介が番頭に「それ」とうながし、かしこまって物陰から両手を広げてみせた。神楽は三万円くらいと見積もり、それじゃ足りないという顔でかぶりを振る。すると、番頭は懐から「これはお賽銭です」と百万円ほど投げ出したので、「諸願成就、こんな無心ばかりでえろすんまへん」と神楽は浮かれ上がってはしゃいだ。「車を借りてこい」と鳥羽に帰る牛車を呼び、車三両の上に花毛氈を敷き、太夫様にねだり、水色の鹿子白縮緬の投頭巾を揃いでかぶり、四人ずつ二両に乗って、一両には酒樽、重箱、枕箱を乗せ、燭台に大蠟燭を立て、島原の大門から車を引き出すと同時に飲み始め、「名残惜しさは朱雀の細道」と小唄にある道を過ぎ、大宮通りを南に向かわせた。

大名行列に土下座しなくても済む、天子様の都なればこその勝手気まま、よそではこうはいかないと改めてありがたく思った。月は冴え渡り、竹田の竹林に夜の嵐が吹きすさび、袖もおのずと湿り、悲しいわけでもないのに涙を流したみたいで、三味線を弾く手も止まり、慰みも度を過ぎ、しんみりしてしまった。

南の方を見ると、恋田の橋の詰めに、太夫の紋所入りの提灯がキラキラちらつく。「これは？」と訊けば、「太夫様方よりここからお見送りしますので、お酒を差し上げてくださいと仰せつかりました」と唐詩にならって遣り手九人が車を止めて、松林を風が吹き抜ける夜寒のもてなしに、京から持って来た布団を何枚か重ね、近所の藁葺の家に置炬燵を仕掛け、くくり枕も用意してくれた。

「どうぞここで一寝入り」と勧められ、銀の燗鍋で銘酒を温め、お椀に茶漬、雁の板焼に鰯の干物を用意するという憎い心遣いだった。食後のお茶には人数分の色袱紗、使い捨ての煙草盆まで揃っていて、万事行き届いていた。

――限られた時間でここまで準備をしてくれるとは頭が下がる。とりわけ炬燵のお礼はいずれ改めて。

世之介が挨拶をすると、また車を急がせた。

――今宵の御馳走は身に余る喜びだ。何か土産になるようなものはないか？　すぐに考えてくれ。

そう呼びかけると、弥七が「日本一の饅頭がある」といった。「それは」と訊くと、「一個一万円で、金粉、銀粉をまぶしてある」というので、菓子屋の二口屋能登に九百個注文し、夜通し作らせ、太夫九人に一人百個、届けさせた。

太鼓持ちたちも御土産にと、厄払いの弓矢に「蘇民将来」のお守りを買い求め、「行く末長く息災に、自腹を切ってお勤めを休むことなく、手形に書いた十年契約よりも長く働き、お勤めの間は客と喧嘩しませんように」と願を掛け、太夫様方々に差し上げ、その上、「女郎長久」を祈った。

情けの賭け事

乗りかけの馬を三条大橋で待たせ、「財布は持ったか？　今そこへ行くぞ」とせわしなくお供にいいつけたりしていると、日頃から目をかけている仕立物屋の十蔵という者が「世之介様にお暇乞い（いとまごい）に参りました」と急に江戸に下ることになったということで挨拶に来た。土間で立ち話をしたが、「詳しいことは戻った折にでもお話しします」という。とりあえず餞別（せんべつ）の旅費などをやってから、出ていく十蔵を呼び返し、「今度は何のために江戸へ」と訊くと、「実は吉原（よしわら）で小紫（こむらさき）様に逢いまして、私なら初対面でも振られることはない、と偉そうなことをいいましたら、さるお方が太鼓持ちの二十日鼠（はつかねずみ）の宇兵衛（うへえ）を目付役にして、うまくいくかどうか賭けをすることになり、江戸に女郎を買いに行くのです」という。

――おまえもなかなかやるね。勝敗はどうやってつける？

――私が振られなかったら、木屋町（きやまち）の別荘をもらうことになっていますが、負けたら……

そういいかけると、顔が青ざめ、声が震えてきた。

――隠さず話せよ。

――ほかでもなく、振られたら、大事な一物を切られる契約です。死にはしないというんですが。

　とんだ契約を持ちかけやがって、ふざけた野郎だと思いながら、カネに任せて、慰み者にするつもりだな、と「相手は誰だ?」と問い詰めた。

――それはいわない約束です。

――そうはいっても、一生の大事だぞ。一物の運命がかかってるんだから、よくよく覚悟を決めて、雁首に数珠でもかけておけ。いつかオレがやった赤い綸子の褌もケチらず締めろ。切られた後も後生大事に持っていたところで、しょうがないんだから。

　そうからかうと、素直なのか、バカなのか、今まで毅然としていたのに、急に泣き出した。「ではこれで」といいながら、前にも後ろにも動けず、ぼーっとしている。これは笑うしかない。

　面白そうだから、一緒に出かけ、顚末を見届けてやろうと、普段のしつらえで車を用意し、十蔵を連れて江戸に向かった。

　日本橋の本町四丁目の支店に着くと、十蔵と宇兵衛を大尽と太鼓持ちに仕立て、吉原に向かわせたものの、一抹の不安は拭い去れない。揚屋の利右衛門を頼って、京からの紹介状を見せて、十蔵を大尽客と繕い、小紫への取り次ぎを頼むと、女将は四、五日中にと請け合った。初会の日取りを決めて、帰る時、十蔵は「これは江戸にない珍しいものだ」と亭主に一包み弾んだので、宇兵衛が引き返し、「祝儀の出し方が早過ぎる」とたしなめると、「カネじゃない。近頃、京で流行る、人が喜ぶ便利な物だ」という。見れば、上書に「古釈」と記してある。包みを開けると、扇の要、目釘竹、針、絹の糸、餅のり、耳掻き、楊枝、七点セットで九十八円とある。

――ほら、便利で、人が喜ぶだろう?

　こんなものもらって誰が喜ぶというのか、十蔵の勘違いに呆れ、返事もせず、宿に連れ帰った。

　その後、約束の日がきて、太夫様に逢って、盃のやりとりが盛り上がって来た頃、十蔵は「紫様、おひとつどうぞ」と盃を差し出したはいいが、うっかり太夫の襟から膝にかけて酒をこぼしてしまい、悪びれる顔つきが情けなく、おかしかった。太夫は「ご心配なく」と落ち着いて座を立ち、「行水をとれ」といって湯殿に入り、先ほどと全く変わらない衣装、紅鹿子の裾付きの白綸子の肌着に、浅黄八丈の八端掛けを上に着て、戻ってきた。これは上方女郎にはない習慣で、同じ柄の替えを一式揃えているとは用意周到だ。

吉原のしきたりで、初会には布団を出さないことになっている。太夫は横になって、十蔵を呼び、しみじみと語りかけ、自分と十蔵の帯を解き、心地よくもてなした。初会に体を許した証にと、硯を取り出し、「十蔵様に身を任せたことに偽りなし」と十蔵の褌に端書きし、「むらさき筆」と署名した。これは前例がないことなので、宇兵衛が不思議に思い、宿に帰って報告した。世之介が後日、小紫に逢って訊ねると、こう答えた。

――様子を見れば、少し頭の足りない人を賭けのタネにして遊んでいると御見受けしました。その方の人の悪さが憎らしく、あのような男にも逢って差し上げたのです。

世之介は横手を打ち、「何をか隠そう、そのためだけに京から来たんだ」と白状した。しかし、その後、いくら口説いても、小紫は逢ってはくれなかった。実に心憎い女だ。

一盃足りずに恋里

難波のある男が呉服を仕入れに京に上り、呉服屋街の室町に滞在していたが、「ご無沙汰です」と世之介を訪ねてきた。早速、「今日は東寺の法会だ。出かけよう」と誘い出した。その日の幹事は世之介の家に出入りする紙屋の吉介で、五人前の食事を用意し、畜生門近くに幕をかけた。実に法会日和のいい天気の午後だった。

——人は沈みゆく夕陽のごとく誰一人としてこの世にとどまり続けることはできない。

そんな格言を呟きながら、ほうれん草のおひたしや椎茸の煮物で飲み始め、ありがたい法話を交わしながら、酔い、そろそろ引き上げようかという段になると、世之介は盃を幹事に差して、「これで締めにするか」といった。「そうしましょう」と酌を受けようとすると、酒が一滴もない。

——何かすっきりしないな。酒持ってこいよ。

追加の酒を買ってこさせ、ありあわせの焼塩を肴に飲み直したが、案の定、酔いつぶれた。

——このままでは帰れないな。島原に繰り出そう。

——合点だ。

一同、八文字屋に上がり、「空いてる女郎を千人呼べ」といったが、紋日のことなので、太夫は出払って一人もおらず、売れ残りの天神を集めたものの、全然盛り上がらない。

——こんなんじゃ話にならない。オレはともかく、大坂のお客に少しでも淋しい思いをさせちゃいかんだろう。

世之介はすでに客がついている太夫の中から譲ってもらえそうなのを探し、掛け合ってみたが、どうにもうまくいかない。そこに八文字屋の喜右衛門の女房が出てきて、こういった。

——大坂からお上りあそばした吉崎という太夫は今日が水揚げで、丸屋七左衛門のお座敷に上がっておりますが、ただいま、ご都合を伺ってみましたら、何か事情があるようで、もらいが利きそうですが、いかがなさいますか？

——最初っから揉めてるんだから、どんな事情だろうと構うものか。

世之介が答えると、早速、七左の元へ使いが走ってゆき、首尾よく太夫が来てくれることになった。

普段の女郎遊びと違って、水揚げの決まり通り、太夫に座持ちの引舟、天神の二人を添えて、九日間連続のご指名だ。ほかにも揚屋への進物、女中への御祝儀などが入り用だが、気前のいい世之介の肝入りだけあって、万事よきにはからえで、ひとまず目録を書かせて喜ばせておいた。

八文字屋の亭主は袴に裃、女房も着物を着替え、台所に大蠟燭の明かりが灯る中、八百屋、魚屋がせわしなく走り、正式に料理人も呼んだこの豪奢な水揚げは、一世一代の思い出になる。そこに太夫様の御座敷をこしらえに参りましたと、お付きの女郎が四人来て、衣桁に十二枚の小袖をかけ、掛け布団を重ね、座布団は錦の山となり、床の間には掛け軸、書棚、香箱、文庫、煙草盆、そのほか時代蒔絵をほどこした小物などをこれでもかとばかりに光り輝かせた。

しばらくすると、門口から「太夫様ご機嫌よろしくこちらへお出まし」と声が順繰りに上がって来ると、二本の手燭に先導されて、太夫が階段を静々と上り、上座の中程に着席した。左の方に太夫を送ってきた一家の女郎十一人、右の方には太夫の後ろから末席まで座持ちの女郎十七人がぎっしり座を埋めた。全員が緋無垢の着物で決め、居並んでいる。太夫の前にはまた別の女郎たちが手をついて控えている。

そこに女将が参上し、客の難波男への引き合わせを行った。「奇遇にございます」と挨拶していたが、大坂では見知った顔だった。祝言を述べているあいだ、島台や金色の三々九度の盃がまるで婚礼の時のように並べられ、銚子や加えを用いた盃事が済むと、お色直しに中座した。このしきたり通りの儀式もなかなか風情があった。

太夫は揚屋に季節の衣服を贈り、女中たちには御祝儀をはずみ、お付きや遣り手、お供の男どももも上を下へとごった返していた。各方面からの進物が廊下に山積みになり、帳簿をつける女や取り次ぎの女たちでさえいつもと違って、しゃきっとしていて、見慣れない者が見たら、何事かとびっくりするに違いない。「相生の松風」と「高砂」を謡う声も楽しげに響いていた。

都の姿人形

外国からの貨物を受け取りに長崎へ下る人に、自分も後から行くつもりだからと金庫を先に預けておいた。「どんな商品をお探しですか？」と訊ねるので、「日本の女郎を買い上げるための軍資金だよ」と答えた。

――さては丸山町で遊び倒すつもりですな。私は取引があるので、玉鉾の道を急ぎますが、向こうでお待ちしていますよ。

六月十四日は祇園祭で、都の夏の名物月鉾の都大路を渡る日だったが、その人は先に旅立った。

世之介は心に決めたことがあるといって、金銀を洛中にまき散らし、寺社や寺塔を建立し、石灯籠を灯し、歌舞伎若衆たちに家を建ててやり、馴染みの女郎を身請けして自由にしてやり、毎日せっせとカネ使いに励んだものの、まだ蔵に残っているカネをどうしたものか、思いあぐんでいた。

さて、このたびは長崎でいい慰みに恵まれたら儲け物と思いつつ、八月十三日に出発することにした。その昔、遣唐使の阿倍仲麻呂は異国で故郷の月に思いを馳せながら、歌を詠んだが、自分の心はそれとは逆に、日本にいながらこれから行く土地の月に思いを馳せていた。淀川の舟で大坂の道頓堀に着き、馴染みの歌舞伎若衆のところに二、三日世話になり、心ある接待を受けたので、家を出る時、五千万ほど置いていった。

総じて、歌舞伎若衆の暮らしは今日ぶいぶいいわせていても、柳に積もった雪のようなもので、明日は元の木阿弥、つまらない男になり下がってしまうものだ。ある時は闘鶏にはまり、またある時は植木に凝るが、人気が陰れば、家も売り、京に暮らすと思えば江戸、また大坂を転々としたりするものだ。「こちとら罪もなければ、金もない」と役者の兵四郎が自嘲気味に笑わせながら、舟着き場まで送ってくれた。

風も穏やかで、波も立たず、すんなりと目指す大湊に到着した。入口の桜町を見渡すと、早くも期待に胸膨らみ、宿で休む間も惜しんで、丸山町に繰り出した。女郎屋のありさまは想像以上で、一軒に八、九、十人も抱えている店もある。中国人向けには専用の女郎を置いているらしい。彼らも相当の好き者で、相手がほかの客に目をやるのもいやがり、媚薬を飲んで、昼夜を問わず、ねちっこく交わりを重ねるそうだ。

淡白な日本人にはなかなか真似ができない。オランダ人は出島に女郎を呼び、中国人は市内の町宿にも自由に呼び寄せ、何不自由なく遊んでいる。

京の色河原、色里で遊んだことのある人は、天下の世之介が長崎に見参したことを珍しがり、女郎たちに能を踊らせてお目にかけるという。揚屋の庭に常設舞台があり、お囃子や地謡はもちろん、シテもワキも女郎で固め、「定家」、「松風」、「三井寺」の三番立てにして、しめやかに抑制を利かせて謡う調子が乙で、思いがけない遊興となった。

ちょうど紅葉が色づき始めた頃で、木陰に自在鉤をおろし、金の大燗鍋をかけ、中国の白楽天の「酒功讃」の極意にあやかろうと、遊女三十五人がそれぞれの出で立ちで着飾り、紅色の網前掛けを締め、金箔を絹糸に縒りつけたたすきをかけ、杉の小枝をかざし、「岩井の水は千代ぞ」と「養老」の一節をうなったりし、乱れ乱れての大宴会になった。

——オレは京で、一羽四百万円の鶉を焼き鳥にして、太夫の肴にしたことがあるが、この酒宴の豪華さも引けを取らないな。身なりも一風変わっていて、これがまたしとやかに見えていいねえ。

世之介が褒めると、「都の女郎様たちを見てみたい」と女たちが口々にいい、「それこそ事情通の世之介様に訊いてごらん」と客の一人がいう。

――ちょうどよかった。実は今回、都から持ってきたものがあるんだ。

そういって、長櫃十二棹を運び込ませ、中から太夫姿の人形を出した。京都から十七人、江戸から八人、大坂から十九人それぞれを能舞台に名前を記して並べた。めいめいの装い、顔つき、腰つき、どれ一つ同じ物はない。これは誰それ、そっちはどなたと確かめながら並べたが、どれもみんなたまらない色気がある。長崎中から珍しがって見物人が集まってくるのも当然だった。

床の責め道具

締めて五百億円、母親から「思う存分使いなさい」と譲られた財産を明けても暮れても放蕩に費やし、早二十七年になった。この広い日本中の遊女町を残らず巡り、その身はいつとなく恋にやつれ、今という今になって、ふと浮世に飽きてしまった。もう未練はないし、親もない。子もなければ、決まった妻もない。つくづくと振り返ってみれば、いつまでも色道に迷い、火宅の中にいることにも気づかず、すでに来年には還暦を迎えるほど老いさらばえた。桑の木の杖なしには歩けないほど足も弱り、耳も遠くなった。容貌もこの通り醜くなった。これはオレに限った話ではなく、枕をともにした女の髪も霜が降りたみたいになり、額にはさざ波が打ち寄せるのを見るにつけ、ため息をつかない日はない。傘を差しかけ、肩車をしてやった小娘も、男に口説き落とされ、今ではいっぱしの世話女房になっている。移り変わるのは世の常ではあるけれども、こうまで変わってしまうとは。今まで信心もなく、死んだら鬼に食われるまでだと思ってきたが、ここでにわかに心を入れ替えたところでありがたい仏の道に入れてはもらえまい。

あさましいこの身の行末(ゆくすえ)、後は野となれ山となれと思いきり、集めたお宝を投げ捨て、残った金子六億円分を東山に掘った穴に埋め、その上に宇治山産の茶うす石を置いて朝顔の蔓(つる)をはわせ、石の表に歌を一首刻んでおいた。

夕日影　朝顔の咲く　その下に　六億分の　光残して

欲深い連中にこの話を漏らしてやったが、その場所は見つからずじまいだったとか。

その後、心をひとつにする者同士七人誘い合わせ、難波(なにわ)の江の小島で新しい舟を作らせて、好色丸(よしいろまる)と名を記し、緋縮緬の吹き流しを立てたが、これは昔の太夫吉野の名残の腰巻だった。幔幕(まんまく)はかつての馴染みの女郎たちから記念にもらった着物を縫い合わせてかけ、畳敷きの船室には遊女評判記をばらして張り、艫綱(ともづな)には女郎たちが切った髪の毛を縒り合わせた。台所の生簀には泥鰌を放し、牛蒡、山芋、卵を蓄え、櫓床の下には強精剤の地黄丸五十壺、催淫薬の女喜丹二十箱、この先は性技用の器具だが、りんの玉三百五十、阿蘭陀糸七千筋、生海鼠輪六百かけ、水牛の角製の張形男根二千五百、錫製三千五百、革製八百、春画二百枚、春本の『伊勢物語』二百部、褌百筋、床用の鼻紙九百丸、これも忘れちゃいかんと丁子油を二百樽、山椒薬四百袋、子堕し薬のいのこずちの根を千本、水銀、綿実、唐がらしの粉、牛膝百斤、その他の責め道具を一式揃え、男用の晴れ着や産着にいたるまでたくさん積み込んだ。

——再び都に戻ってこられるかどうかはわからんが、いざ門出の酒といこう。

世之介がそういうと、六人の者は驚き、「おや、ここに戻らないとは、一体どこにお供することになるのかな」と問うた。

——どうだい、この世のあらゆる遊女たちを見尽くしたから、オレもおまえたちももう心残りはあるまい。これより女護の島に渡って、女のつかみ取りというのを見せてやる。

そういうと、みんなニヤニヤ笑い出した。

——たとえ、赤玉が出て、勃たなくなって、そこの土に埋められたとしても、構わんよ。それこそオレたち一代男の本望ってもんだぜ。

一行は恋風任せで、伊豆の国から日和見をし、天和二年神無月の末に行方知れずになったとさ。

一代男跋文

『古事記』に出てくるイザナギ、イザナミは二柱の神というが、鏡台の鏡をかける柱のことを指すのか？　『古今和歌集』の解説書に出ている稲負鳥は羽のない牛のことなのか？　この疑問を自分が住んでいる摂津桜塚の人に訊ねてみたが、聞こえないふりをしてただ天を指差したり、地面に目を落としたりするだけだった。こんな七難しい話をしても、井戸から汲んだ水を飲むくらいしか楽しみのない農民には全く通じない。広い難波の海には手が届いても、人の心はなかなか読めない。

ある時、西鶴師匠の元を訪ね、秋の夜を楽寝しながら、語り合ったが、月には聞かせても、人には秘密にしてきた原稿の中にいたずら書きが紛れていたのでまとめて、写してきた。それを田んぼの中の百姓に語って聞かせたところ、ぞろ駆け寄って来た。笑いが止まらなくなったようで、担いでいた鍬を放り出すほどだった。

版下作成　落月庵西吟

天和二年十月中旬

あとがき

我らがアンチヒーロー

勘当の身でその日暮らしを余儀なくされていても、莫大な遺産を相続し、蕩尽し切れないほどの富を抱えていても、世之介は終始一貫、経済感覚が狂っている。色事に邁進するのはいいけれど、もう少しカネの使い方を学べよといいたくなる。世之介にはひたすら無茶なカネの使い方をさせるわりに、作者の井原西鶴はカネの計算が細かい。廓の料金システム、女郎に払った金額、女中へのチップ、酒代など、まるで帳簿を付けているみたいに律儀に、世之介の愚行にいくらかかったかを書き記している。西鶴は金の流れを通じて人間を観察するという、まさに商人やエコノミストの眼差しを持っていた。彼の書くものはみな下世話だが、経済もまた文字通りの下部構造であって、下半身に深く連動しているのである。

世界で最初に米の先物取引市場が開設された大坂の土地柄を反映しているのか、貨幣経済に足場を置いた商人たちは、カネの力で封建制度の外に出ようとした。彼らは土地に縛りつけられた農民や封建制度にがんじがらめにされた武士よりも自由を謳歌できた。遊廓は、表の社会構造とはべつの原則が働く場所で、客はひととき現実原則から逃避を図り、締め付けの厳しい世の中を忘れ、うたかたの夢を堪能できる一種のテーマパークだった。

微笑ましい幼年時代のヰタ・セクスアリスから始まり、早熟な性の目覚めとカブいた青春のありさまが語られる前段に続き、希代の放蕩児としてのモテ男ぶりが披瀝されながらも、愚行、狼藉が過ぎ、情けない目にもたくさん遭う。十六歳では夜這いをかけた人妻から額を薪で殴られたり、江戸に出された十九歳の時には、放埒ぶりに親から愛想を尽かされ、勘当される。

その先、世之介は出家するが、すぐに俗世間に舞い戻り、長い放浪の時期を過ごす。各地の遊里を巡りながらの、貧乏暮らしが続くが、遊びの才覚を見込まれ、その都度、他人の世話になりながら、借金も重ね、あげくに自殺まで考える。しかし、一貫して、世之介は能天気である。「挫折など恐れるに足りない」という態度は、育ちの良さの証だろう。恵まれた少年時代を過ごした者は貧乏も不遇も恐れないのである。

不遇の二十代を過ごしたのち、三十四歳で一発逆転となる転機が訪れる。父が死に、母から「心のままこの金を使え」と、現在の貨幣価値に換算し、約五百億円もの遺産を相続するのである。「気に入った女を請け出せるし、名高い女郎は一人残らず買い占めだ」と不遇の時代への復讐（ふくしゅう）とばかりに人生の後半戦が始まる。

世之介は三十五歳で、気品もあれば頭もいい吉野太夫と結婚するが、三十代後半以降の興味の対象は、日本の三代遊里であった京都の島原、江戸の吉原、大坂の新町に絞られ、そのフィールドワークの集大成としての「遊女評判記」になる。

西鶴が『好色一代男』で意識したのは、ある種のカタログ作りでもあった。あの時代にありうる縁、出会いうる女たちの、タイプ別のカタログとして、このテキストは読むことができる。インデックスを付けるなら、堅気、地女、玄人女（くろうとおんな）、あるいは職業別、出自別、地域別、もしくは一夜限り、身請け、結婚など、かなり広範囲にわたる。

世之介は生まれ育った京都のみならず、伏見、大坂、近江、明石と近郊にもせっせと脚を延ばすが、やがて、駿府（すんぷ）や江戸、北陸、東北各地、さらには九州福岡や長崎にまで出没する。『好色一代男』はそれ自体が「諸国漫遊記」になっていて、まだその地を訪れたことのない読者にとっては、ガイドブックにもなりうるものだった。世之介の旅の目的はいわずもがな、酒池肉林だが、ただひたすら色欲と食欲を満たす旅のスタイルのルーツをここに見てもいいかもしれない。百二十五年後に書かれた十返舎一九の『東海道中膝栗毛』の弥次喜多道中も、世之介という旅の恥を掻き捨てる先達がいなければ、あそこまで悪のりできなかっただろう。

五百億円をただ遊蕩のためだけに使い切る……これは意外と難しい。酒池肉林を重ね、気前よく他人に贈与し続けても、せいぜい年に五、六億円しか消費できず、使い切るには百年かかってしまう。しかもそんな放蕩三昧の生活を続けては、早晩身体を壊すのが落ちだ。ここに「金持ちになりたい」という世間一般の欲望に対する西鶴の達観がある。『好色一代男』の後段に見られる世之介の倦怠ぶりからは、使い切れない金を持つことの苦悩と孤独を感じ取るべきなのである。

最後は「富の再分配」をするより仕方がないのだが、それを済ました世之介は齢六十にして、好色丸なる船を仕立て、精力剤だの、エロ本だのを満載し、女護島に出かける。これは島流しだとか、外国への密航だとか、諸説あるが、方角的にはハワイか、アメリカ西海岸に着くのだろう。

世之介の愚行のお供は楽しかったが、三百四十年後の未来の人間は外国人も同様で、正直、何のことをいっているのか、誰がそういっているのかチンプンカンプンのところもあった。底本は『新編日本古典文学全集(66)井原西鶴集(1)』とした。私の誤解を正し、最後まで旅を続けさせてくれた水谷隆之先生と、河出書房新社の坂上陽子太夫にこの場を借り、深くお礼を申し述べ候。

解題

水谷隆之

『好色一代男』は井原西鶴（一六四二—一六九三）の作で、八巻八冊、全五十四章から成り、天和二年（一六八二）十月に大坂で刊行された。『源氏物語』五十四帖にちなみ、主人公世之介の七歳から六十歳までの五十四年間を各年一章ずつ描いた作品で、『源氏物語』を当代に俗化した作として当時からよく知られた。『源氏物語』ばかりでなく、『伊勢物語』『徒然草』等々数多の古典を利用しながら当世の風俗を享楽的に描いており、その文体や発想、内容は従来作に比べていずれも極めて斬新で、のちに浮世草子と呼ばれる新たなジャンルを生み出した。大坂で出版された本書は、早くも貞享元年（一六八四）に江戸で海賊版が出版されており、これは当時としては異例のことで、それだけ反響が大きかったことが分かる。その後の西鶴の浮世草子は京や江戸も加えた二都版、三都版も出版され、商業書肆の出現を促すことにもなった。

本書は好色に生きた主人公世之介の一代記である。内容は大きく二分され、前半は世之介の幼少期から、諸国の好色遍歴を経て親の莫大な財産を譲り受けて大尽になるまでの青年期を描き、後半は大尽世之介を通して描かれた、三都を中心とする古今の遊女列伝となっている。「一代男」とは、当人一代だけで終わり跡継ぎのない男のことをいう。すなわち「好色一代男」との書名は、「跡継ぎのことなど考えず、色恋の道だけに我が身一生を全て捧げた男の一代記」との意味である。ただし、世之介一代記の体裁を採りはするものの、本書には世之介の年齢錯誤や物語展開の矛盾といった不手際が散見し、作者西鶴は全体を通じた辻褄合わせにはやや無頓着であったと言わざるを得ない。むしろ、当世の好色男とその相手の女たちを多面的に描き出すことを目的とした作品とみるべきであろう。日本各地のさまざまな階層や職業の人々の性愛を、ときにその内情まで暴露しつつリアルに描いた本作は、さながら「好色大全」とでも呼ぶべき内容で、江戸時代の風俗を広く楽しめるものとなっている。

さて、ではなぜ西鶴は本書のような作品を世に出し、しかもその作品は好評を博して読まれたのか。そして本書はどのように画期的な作品であったのか。

まずは本書刊行当時までの出版状況を確認しておこう。江戸時代に入り、太平の世のもと読者人口が爆発的に増大し、その需要に応じて印刷技術が飛躍的に向上した。写本から版本への移行である。古典の印刷出版にはじまり、仮名を主体に書かれた庶民向けの娯楽・啓蒙を目的とした仮名草子が出現する。西鶴の浮世草子もこれら仮名草子の影響を受けており、出版当時は仮名草子に連なる作として認識されていた。本作も主人公「浮世房」の一代記である仮名草子『浮世物語』（浅井了意作）の枠組みを用いているし、本書後半の遊女列伝は当時の遊女評判記を意識したものでもあろう。そうした経済の発達と出版文化隆盛の助走を経て本書は生み出されたのである。

しかし本書が時代を画す傑作として受け入れられた最も大きな理由は、俳諧の技法や発想に支えられた滑稽でリズミカルな文体、しかもふんだんに古典を利用しつつこれを卑俗化した機知に富んだ内容にある。

俳諧とは、五・七・五の長句と七・七の短句を交互に付け、これを複数人で繰り返していく短詩型文芸である。この形式自体は連歌と同じであるが、和歌・連歌の「雅」に対し、俳諧は「俗」をその特徴とする。ここでいう「俗」とは、従来の雅文芸が美を追求するなかで削ぎ落としてきたもののおよそ全てがこれにあたる。つまり俳諧とは、和歌、連歌の「雅」からはじき出された素材を拾い集め、これを新たに文芸化する創作活動と言ってよい。さらに当時の俳諧においては、前句に付句をつけるとき、古典が両句をつなぐ媒体として用いられることが多く、俳諧師には古典の知識が必須とされた。とくに西鶴が親しんだ談林俳諧は、和歌や古典と現代風俗との雅俗の落差を極限にまで拡大して笑いをとる作風を特徴としており、なかでも西鶴はその達人であった。一昼夜に二万三千五百句もの連句を一人で詠んだ矢数俳諧における西鶴の記録は前人未踏、その後も破られたことのないとてつもない記録である。

さて、その西鶴がはじめて著した散文作品が『好色一代男』であったのだが、その執筆姿勢は巻一の一冒頭文に明確に示されている。

桜も散るに嘆き、月はかぎりありて入佐山(いるさやま)、爰(ここ)に但馬(たじま)の国、かねほる里の辺(ほとり)に、浮世の事を外になして、色道ふたつに、寝ても覚めても夢介とかえ名よばれて……(原文)

従来の和歌・連歌において最も重視されてきた雅文芸の代表的景物である「花」と「月」をいきなり冒頭に掲げたうえで、その対極に位置し俗世間の人間の卑俗な営みを象徴する「金(かね)」を賞揚するのである。すなわちこの冒頭文は、「従来の和歌や古典でもてはやされてきた花や月にはその楽しみに限りがある。そんなはかない眺めよりも、金銭さえあれば限りなく楽しめる色道こそが、この浮世を楽しむための新たな術なのだ」との宣言なのであり、「花」や「月」に心を寄せてそのはかなさを嘆いてきた和歌や古典の「雅」の世界に、金銭さえあれば際限なく楽しめる色道の「俗」なる世界を対照させて、俗世の遊蕩を礼賛し、これを鮮烈に浮かび上がらせたのであった。「雅」が排除してきたものの代表格といえば「食」「性愛」「金銭」。ゆえに『好色一代男』の世界はこれらに溢れかえっているのである。

ただし本書において「雅」と「俗」は対照的に扱われはするものの、密接に関係してもいる。先に俳諧における「俗」とは、従来の雅文芸が排除してきたものおよそ全てを指すと述べたが、それは同時に「雅」なくしては「俗」は存在しえないことをも示している。「雅」と「俗」は表裏一体のものなのであり、その密接な関係を西鶴はよくふまえて創作に反映しており、ここに『好色一代男』の画期的な革新性がある。

たとえば本書巻一の一「けした所が恋のはじまり」（原文）。世之介はたった七歳で大人の女を口説くという破格の性的早熟ぶりを見せるが、これは七歳で類い稀なる聡明さを示した光源氏の「読書始め（ふみはじめ）」をひねったものである。世之介の場合はさしずめ「好色始め」といったところで、前代未聞の世之介の好色ぶりを光源氏に対照して印象づけたのである。また本章末尾には、世之介は一生涯に「三千七百四十二人」もの途方もない数の女と契ったと記されるが、この数字にも所以がある。古来、『伊勢物語』の業平には「三千七百三十三人」の女と戯れたという俗説が伝わり、西鶴はこれをふまえて世之介にわずかに超えさせ、さらに男色の恋の相手として「少人七百二十五人」を加えたのであった。すなわち、古典の業平や源氏を背景に置き、その王朝の恋を現代の卑俗な好色の世界に転生させたのである。一体、世之介の破天荒の多くは、従来の雅文芸が作り上げ定説化した「型」をおさえたうえで、それをあえて踏み外したり、話の背景あるいは文章に潜ませながら「俗」にすり替えて誇張することによって生みだされている。それこそ筋金入りの「型」破りなのである。

『好色一代男』は、古典を十全に把握して用いつつ、古典とは対照的な現実の「俗」をあぶりだし、これを存分に描き出した作品であると言ってよい。ただしこうした西鶴の、ときに大胆に、ときに繊細に施された工夫に気づき、作者と同様に古典の卑俗化を楽しむことのできた読者は限られたであろう。本書が当初「荒砥屋孫兵衛可心」という大坂の素人書肆から私家版同様に出版されたことからも、本書が俳諧師など、一部の教養ある読者向けに執筆されたものであったことは疑いない。

しかしながらその一方で、本書がたちまち大坂や江戸の他書肆から重版された事実が示すように、古典にそれほど馴染みのない一般読者をも広く獲得したことも事実である。俳諧によって見出された新鮮な俗語、俳諧的な連想を駆使し省略を旨とした簡潔で力強い文章、そしてなにより当代の風俗を広くふんだんにとりいれて好色の種々相を詳細に描き出した本書の面白さそのものを純粋に楽しんだ読者も多かったのである。

島田雅彦訳は、そうした本書の魅力を現代に絶妙に再現している。江戸時代の風俗や当時の人々の感覚をふまえつつ、これを現代に蘇らせた新たな物語を存分に楽しんでもらいたい。そして一方、本書にとりいれられた古典の数々を本文に照らし合わせて読んでみるときにはまた、別次元の面白さに気づくことであろう。

西鶴が注目して誇張した俗世の風俗や色道の世界にどっぷり浸って笑いとばしながら読んでもよいし、古典の知識と照らし合わせながら西鶴の工夫に思いを巡らせ、その変化の妙を味わって読むのもよい。この摩訶不思議な文章は、どこから読んでも、どんな読み方をしても楽しめるし、噛めば噛むほど味が出るのである。

（日本文学研究者）

本書は、二〇一五年十一月に小社から刊行された『好色一代男／雨月物語／通言総籬／春色梅児誉美』（池澤夏樹＝個人編集　日本文学全集11）より、「好色一代男」とあとがきを収録しました。文庫化にあたり、一部修正し、解題を加えました。

kawade bunko
古典新訳コレクション

好色一代男（こうしょくいちだいおとこ）

二〇二三年一一月一〇日　初版印刷
二〇二三年一一月二〇日　初版発行

訳　者　島田雅彦（しまだまさひこ）
発行者　小野寺優
発行所　株式会社河出書房新社
〒一五一-〇〇五一
東京都渋谷区千駄ヶ谷二-三二-二
電話〇三-三四〇四-八六一一（編集）
〇三-三四〇四-一二〇一（営業）
https://www.kawade.co.jp/

ロゴ・表紙デザイン　粟津潔
本文フォーマット　佐々木暁
本文組版　KAWADE DTP WORKS
印刷・製本　大日本印刷株式会社

Printed in Japan　ISBN978-4-309-42014-1

河出文庫 古典新訳コレクション

古事記 池澤夏樹〔訳〕
百人一首 小池昌代〔訳〕
竹取物語 森見登美彦〔訳〕
伊勢物語 川上弘美〔訳〕
源氏物語1〜8 角田光代〔訳〕
堤中納言物語 中島京子〔訳〕
土左日記 堀江敏幸〔訳〕
枕草子1・2 酒井順子〔訳〕
更級日記 江國香織〔訳〕
平家物語1〜4 古川日出男〔訳〕
日本霊異記・発心集 伊藤比呂美〔訳〕
宇治拾遺物語 町田康〔訳〕
方丈記・徒然草 高橋源一郎・内田樹〔訳〕
能・狂言 岡田利規〔訳〕
好色一代男 島田雅彦〔訳〕
雨月物語 円城塔〔訳〕
通言総籬 いとうせいこう〔訳〕
春色梅児誉美 島本理生〔訳〕
曾根崎心中 いとうせいこう〔訳〕
女殺油地獄 桜庭一樹〔訳〕
菅原伝授手習鑑 三浦しをん〔訳〕
義経千本桜 いしいしんじ〔訳〕
仮名手本忠臣蔵 松井今朝子〔訳〕
松尾芭蕉 おくのほそ道 松浦寿輝〔選・訳〕
与謝蕪村 辻原登〔選〕
小林一茶 長谷川櫂〔選〕
近現代詩 池澤夏樹〔選〕
近現代短歌 穂村弘〔選〕
近現代俳句 小澤實〔選〕

＊以後続巻
＊内容は変更する場合もあります